Los Papeles de Aspern

Por

Henry James

CAPÍTULO I

Me confié a la señora Prest; lo cierto es que sin ella mis avances habrían sido muy escasos, pues la idea más provechosa salió de sus labios cordiales. Fue ella quien descubrió la fórmula y desató el nudo gordiano. Se supone que a las mujeres no les resulta fácil alcanzar una perspectiva libre y general de las cosas, de ningún asunto práctico; pero a veces improvisan con singular serenidad una idea audaz, una idea que a ningún hombre se le ocurriría. «Consiga que lo acepten como inquilino». Creo que jamás habría llegado a esta conclusión sin ayuda. Estaba dando palos de ciego; intentaba ser ingenioso, buscaba la combinación de artes que me permitiese entablar relación, cuando la señora Prest me sugirió felizmente que la manera de entablar relación pasaba por integrarme en su círculo más íntimo. Mi amiga no conocía mucho mejor que yo a las señoritas Bordereau; de hecho, llegué de Inglaterra con ciertos datos concluyentes que eran nuevos para ella. Las Bordereau se habían relacionado en el pasado, hacía de eso mucho tiempo, con uno de los grandes personajes del siglo, y vivían ahora recluidas en Venecia, muy modestamente, olvidadas, inalcanzables, en un recóndito y ruinoso palacio. Ésta era, en lo esencial, la impresión de la señora Prest. Ella, por su parte, llevaba alrededor de quince años en la ciudad, donde había realizado un montón de buenas obras; pero la esfera de su bondad nunca abarcó a las tímidas, misteriosas y, para algunos, poco respetables americanas —se presumía que en el curso de aquel largo exilio habían perdido su identidad nacional, a lo cual se sumaba un origen francés más remoto, tal como indicaba su apellido que ni pedían favores ni reclamaban atención. En los primeros años que pasó en Venecia, la señora Prest intentó verlas en una ocasión, pero sólo llegó a conocer a la pequeña, como llamaba ella a la sobrina; más tarde descubrí que la mujer en cuestión le sacaba cinco centímetros a la otra. Llegó a oídos de mi amiga que la señorita Bordereau se encontraba enferma, la creyó necesitada y se presentó en su casa para prestar ayuda, la que fuera, a fin de que, si había allí algún sufrimiento, tanto más si se trataba de un sufrimiento americano, no pesara éste sobre su conciencia. La «pequeña» la recibió en la grande, fría y deslustrada sala veneciana, el vestíbulo central del palacio, con suelos de mármol y techo de oscuras vigas transversales, y ni siquiera la invitó a sentarse. Este detalle me desalentó un poco, pues yo siempre deseaba sentarme en seguida, y así se lo señalé a la señora Prest. Ella replicó, con mucha sagacidad:

—Su caso es muy distinto: yo iba a ofrecer un favor y usted irá a pedirlo. Si son orgullosas, se mostrarán predispuestas.

Se ofreció, para empezar, a enseñarme dónde vivían, a llevarme en su góndola. Le hice saber que ya había estado allí lo menos media docena de veces, pero acepté la invitación de todos modos, porque me fascinaba merodear por los alrededores. Me acerqué hasta el palacio el día siguiente a mi llegada a Venecia —me lo había descrito de antemano el amigo de Inglaterra que me confirmó definitivamente que los papeles obraban en poder de estas damas— y lo asedié con la mirada mientras trazaba mi plan de campaña. Jeffrey Aspern nunca había estado en el palacio, que yo supiera, aunque algo en la voz del poeta parecía insinuar veladamente que allí permanecía, como una «cadencia persistente».

La señora Prest nada sabía de los papeles, pero se interesó por mi curiosidad, como se interesaba siempre por las alegrías y las penas de sus amigos. Sin embargo, mientras nos deslizábamos en su góndola, bajo la acogedora cabina abierta, con la espléndida imagen de Venecia enmarcada a ambos lados de la ventanilla móvil, comprendí que le divertía mi entusiasmo y que percibía en mi interés por el posible botín un sutil caso de monomanía.

—Se diría que espera encontrar usted la respuesta al enigma del universo —señaló. Y negué yo la acusación respondiendo que, si tuviera que elegir entre tan valiosa solución y un paquete de cartas de Jeffrey Aspern, no tendría duda de qué sería lo más grandioso. Ella fingía subestimar el genio del poeta y yo no me esforzaba en defenderlo. Uno no se molesta en defender a su dios; ese dios es, en sí mismo, una defensa. Además, todavía hoy, tras un largo período de relativo olvido, Aspern sigue brillando en el cielo de nuestra literatura, donde todo el mundo pueda admirarlo; es parte de la luz que ilumina nuestro camino. Todo lo más que dije fue que, sin duda, Aspern no era un poeta de la mujer, a lo que mi amiga replicó, muy atinadamente, que lo había sido al menos de la señorita Bordereau. Lo raro fue descubrir en Inglaterra que esta mujer seguía con vida; fue como si me dijeran que Sarah Siddons o la reina Carolina, o la famosa lady Hamilton, aún viviesen, pues pertenecía para mí a una generación igualmente extinguida. «Debe de ser muy anciana... tendrá lo menos cien años», dije al saberlo. Pero, al cotejar las fechas, comprendí que no era estrictamente necesario que la señorita Bordereau hubiese excedido ampliamente el promedio de vida normal. En todo caso, había alcanzado una edad venerable, puesto que su relación con Jeffrey Aspern tuvo lugar cuando ella era muy joven.

—Eso pone como excusa —dijo la señora Prest en un tono casi sentencioso; aunque pareció avergonzarse de hacer un comentario tan desacorde con la estampa de Venecia. ¡Como si una mujer necesitase alguna excusa por haber amado al divino poeta! Aspern no sólo había sido uno de los espíritus más brillantes de su tiempo (y en aquellos años, cuando el siglo era todavía joven, hubo, como es bien sabido, muchos hombres brillantes), sino que fue además uno de los hombres más geniales y uno de los más atractivos.

La antigüedad de la sobrina era menor, a decir de mi amiga, y aventuró la conjetura de que en realidad se trataba de una sobrina nieta. Era posible; sólo podía basarme en los muy limitados conocimientos de mi amigo John Cumnor, que veneraba al poeta tanto como yo y que nunca había visto a estas damas. El mundo, como digo, había reconocido a Jeffrey Aspern, pero nadie lo admiraba tanto como nosotros. Acudían multitudes en tropel a su templo, del que Cumnor y yo nos considerábamos los ministros elegidos. Sosteníamos, creo que con justicia, que habíamos hecho más que nadie por su memoria, y lo habíamos hecho, sencillamente, desvelando algunos aspectos de su vida. Nada debía temer de nosotros el poeta, pues nada debía temer de la verdad que sólo después de tanto tiempo podía interesarnos establecer. Su muerte prematura fue, por así decir, el único punto oscuro de su fama, a menos que los papeles que obraban en poder de la señorita Bordereau revelasen alguna otra perversidad. Se rumoreó, en torno a 1825, que él «la había tratado mal», tal como se rumoreaba que había «obsequiado» a otras damas —según decía el populacho— con la misma actitud despótica. Cumnor y yo tuvimos la ocasión de investigar cada uno de estos casos, y en todos ellos nos fue posible absolverlo rigurosamente de cualquier acto brutal. Es posible que yo lo juzgase con mayor indulgencia que mi amiga; lo cierto es que, a mi modo de ver, ningún hombre habría obrado con más rectitud dadas las circunstancias. Eran siempre momentos difíciles y peligrosos. La mitad de las mujeres de su época, exagerando un poco, se rendía en sus brazos, y mientras duró este furor —que sin duda era muy contagioso— no dejaron de producirse accidentes, en algunos casos graves. Aspern no fue un poeta de la mujer, como le señalé a la señora Prest, en la etapa moderna de su fama; pero la situación cambió cuando la voz del hombre se fundió con la voz de su canto. Esta voz, a tenor de todos los testimonios, era una de las más cautivadoras que jamás se habían escuchado. «¡Orfeo y las Ménades!», fue, como es natural, la sentencia que formulé cuando empecé a hojear su correspondencia. Las Ménades eran, en su mayoría, unas insensatas, y en muchos casos resultaban insufribles; juzgué por tanto que se había mostrado más compresivo y más considerado de lo que yo —si es que alcanzaba a imaginarme en semejante tesitura— hubiera sido capaz.

Fue en verdad extraño entre tantas cosas extrañas, y no malgastaré espacio en intentar explicarlo, que, siendo todas esas otras relaciones y todas las demás líneas de nuestra investigación tan sólo polvo y fantasmas, meros ecos de ecos, pasáramos por alto la única fuente de información que había sobrevivido hasta nuestros días. Estábamos convencidos de que todos los contemporáneos de Aspern habían fallecido; no logramos dar con un solo par de ojos que hubiesen mirado los ojos del poeta, ni sentir en una mano envejecida la huella de su mano. La pobre señorita Bordereau parecía la más muerta entre los muertos, y, sin embargo, era la única que había sobrevivido. No dejó de asombrarnos durante meses el hecho de no haberla encontrado antes, y lo atribuimos esencialmente a su reclusión. Lo cierto es que la pobre mujer tenía razones para obrar de este modo. No obstante, fue para nosotros una revelación que alguien pudiera desvanecerse a tal punto en la segunda mitad del siglo XIX, la época de los periódicos, los telegramas, las fotografías y las entrevistas. Tampoco es que le costase demasiado; no se escondió en un agujero secreto, sino que tuvo la osadía de establecerse en una ciudad que era como un escaparate. Concluimos que el misterio de su seguridad obedecía a que Venecia albergaba otras curiosidades mucho más notorias. También el azar la había favorecido de algún modo, como demostraba, por ejemplo, el que la señora Prest jamás me hubiese mencionado su nombre, pese a que cinco años antes yo había pasado tres semanas en la ciudad, delante de sus narices, por así decir. Lo cierto es que mi amiga no la había nombrado casi nunca ante nadie; casi parecía haberse olvidado de la existencia de la señorita Bordereau. Claro es que la señora Prest no tenía la paciencia de un editor. La circunstancia de que la anciana viviese en el extranjero tampoco explicaba que hubiese logrado eludirnos, pues nuestras pesquisas nos habían llevado reiteradamente —no sólo por correspondencia, sino también por averiguaciones personales— a Francia, a Alemania y a Italia, países en los que, sin contar su importante estancia en Inglaterra, Aspern había pasado muchos de los pocos años de su carrera. Nos complacía pensar al menos que, en todas nuestras divulgaciones —creo que algunos las consideran hoy exageradas—, habíamos rozado siquiera de pasada y de la manera más discreta la relación con la señorita Bordereau. Curiosamente, aun cuando hubiésemos dispuesto de aquellos documentos —y eran muchas las ocasiones en que nos preguntábamos qué sería de ellos—, esta relación habría sido el episodio más difícil de tratar.

La góndola se detuvo, y allí estaba el viejo palacio. Era uno de esos edificios que, aun en condiciones de extremo deterioro, merecen en Venecia tan majestuosa denominación.

— ¡Qué maravilla! ¡Es gris y rosa! —exclamó mi amiga. Y era ésta la mejor descripción que podía hacerse de él. No era demasiado antiguo; no tendría más de dos o tres siglos, y ostentaba un aire, no tanto de decadencia como de sereno desánimo, como si hubiese errado su vocación. Su amplia fachada, recorrida por un balcón de piedra de lado a lado del piano nobile o planta principal, era sobradamente monumental, con ayuda de varios arcos y columnas; y el estuco que en otro tiempo revistiera los intervalos entre estos elementos ornamentales era de color rosa en la tarde de abril. Se alzaba sobre un canal limpio, melancólico y bastante solitario, provisto de una estrecha riva o acera a ambos lados.

—No sé por qué… porque no hay tejados de teja —dijo la señora Prest—, pero este rincón siempre me ha parecido más holandés que italiano, más propio de Ámsterdam que de Venecia. Es de una pulcritud excéntrica, por razones que desconozco, y, aunque se puede pasear por aquí, a casi nadie se le ocurre. Es tan solitario… teniendo en cuenta «dónde» está… como un domingo protestante. Puede que la gente tema a las señoritas Bordereau. Creo que tienen fama de brujas.

No recuerdo qué respondí a este comentario; me hallaba sumido en otras dos reflexiones. La primera era que, si la anciana vivía en una casa tan grande e imponente, no podía encontrarse en la miseria y, por lo tanto, nada la tentaría a alquilar un par de habitaciones. Le expresé mis temores a la señora Prest, que me ofreció una respuesta muy sencilla:

—Si no viviese en una casa tan grande, ¿cómo iba a tener habitaciones para alquilar? Si no dispusiera de tanto espacio, no tendría usted la oportunidad de acercarse a ella. Además, una casa así, y sobre todo en este quartier perdu, no demuestra nada; es perfectamente compatible con una situación de penuria. Palacios en ruinas, si uno los busca, se encuentran por cinco chelines al año. Y, en cuanto a las personas que viven en ellos, hasta que no conozca tan bien como yo a la sociedad veneciana no podrá hacerse una idea de su desolación. Viven de la nada, pues no tienen nada de que vivir.

La otra idea que me vino a la cabeza se relacionaba con un muro alto y liso que parecía confinar un terreno a un lado de la casa. Aunque digo liso, estaba salpicado de parches de pintura, grietas reparadas, yeso que se caía a pedazos, ladrillos desplazados que habían cobrado un tono rosáceo con el paso del tiempo; unos árboles flacos, además de los postes de alguna espaldera desvencijada, asomaban por encima del muro. Era un jardín, y al parecer pertenecía a la casa. Se me ocurrió de repente que el jardín me ofrecía un pretexto ideal.

Contemplaba este escenario, teñido por el resplandor dorado de Venecia, desde la sombra del felze, en compañía de la señora Prest, cuando ésta me preguntó si tenía intención de entrar, mientras ella me esperaba, o si pensaba volver otro día. Al principio no lograba decidirme, lo que sin duda daba muestra de mi flaqueza. Quería seguir pensando que podría alojarme allí, y temía fracasar, pues eso me dejaría, tal como le señalé a mi acompañante, sin otra flecha para mi arco.

— ¿Y si probara otra cosa? —propuso, mientras yo vacilaba y daba vueltas a la cuestión; y preguntó por qué, en ese mismo momento, y antes de complicarme la vida convirtiéndome en su inquilino (lo que a fin de cuentas podía ser francamente incómodo, aunque finalmente lo consiguiera), no me limitaba a ofrecer una suma de dinero. De ese modo tal vez pudiera obtener lo que buscaba sin necesidad de pasar malas noches.

—Querida amiga —exclamé—; disculpe mi impaciencia al señalarle que olvida usted precisamente (estoy seguro de habérselo explicado ya) lo que me movió a confiar en su ingenio. La anciana no querrá ni hablar de sus reliquias y sus recuerdos; son personales, delicados, íntimos, y ella no tiene una sensibilidad moderna. ¡Dios la bendiga! Si le hablara de este asunto desde un primer momento, temo que podría echarlo todo a perder. Sólo me haré con el botín si consigo que ella baje la guardia, y sólo conseguiré que baje la guardia predisponiéndola con artes diplomáticas. La hipocresía y la duplicidad son mi única oportunidad. Lamento tener que hacerlo, pero no hay bajeza que no esté dispuesto a cometer por Jeffrey Aspern. Primero tengo que tomar el té con ella; después ya abordaré la empresa principal. —Y le conté lo que le había sucedido a John Cumnor cuando escribió a la anciana en un tono de lo más respetuoso. Su primera carta no obtuvo respuesta y la segunda sólo mereció una áspera contestación de la sobrina, en seis líneas. «La señorita Bordereau le había rogado que le transmitiese que no alcanzaba a comprender cómo se atrevía a molestarlas. No tenían ningún "documento literario" del señor Aspern y, aunque lo tuvieran, por nada del mundo se les ocurriría enseñárselo a nadie, bajo ningún concepto. Ignoraba a qué podía referirse y le suplicaba que la dejase en paz». Yo no quería recibir el mismo trato.

—Muy bien —dijo mi amiga, tras reflexionar unos instantes y en un tono sumamente provocador—. Es posible que no tengan nada. Pero, si lo niegan de un modo tan tajante, ¿cómo puede estar seguro?

—John Cumnor está seguro, pero me costaría mucho explicarle a usted cómo ha llegado a forjarse esta convicción o esta suposición profunda, lo suficientemente profunda para no verse desmentida por la comprensible mentirijilla de la anciana. Además, Cumnor apoya buena parte de la prueba interna en la carta de la sobrina.

— ¿La prueba interna?

—El hecho de que lo llame «señor Aspern».

—No veo que eso demuestre nada.

—Demuestra familiaridad, y la familiaridad implica la posesión de recuerdos, de objetos tangibles. No se imagina cuánto me afecta ese «señor», cómo tiende un puente sobre el abismo del tiempo para acercarme a nuestro héroe, y cuánto aviva mi deseo de conocer a Juliana. Nadie habla del «señor» Shakespeare.

— ¿Lo haría yo si tuviese una caja llena de cartas suyas?

—Sí, si él hubiera sido su amante y alguien las quisiera. —Y añadí que John Cumnor estaba tan convencido (y el tono de la señorita Bordereau no había hecho sino fortalecer su convicción) que habría venido personalmente a Venecia de no haber sido por el inconveniente de que, para ganarse la confianza de estas damas, tendría que demostrar que él no era la persona que les había escrito, como a buen seguro sospecharían ellas, por más que disimulara y hasta cambiase de nombre. En el caso de que le preguntasen a bocajarro si no era él quien las había desairado, le resultaría muy embarazoso mentir, mientras que yo, por fortuna, no tenía esta atadura. Yo era nuevo en la partida, y eso me permitía negar sin necesidad de mentir.

—De todos modos tendrá usted que adoptar un nombre falso —observó la señora Prest—. Juliana podrá vivir muy alejada del mundo, pero es posible que haya oído hablar de los editores del señor Aspern. Incluso puede que tenga los libros que ustedes han publicado.

—Ya he pensado en eso —respondí; y saqué del bolsillo una tarjeta de visita hábilmente grabada con un nom de guerre bien escogido.

—Es usted muy extravagante; eso contribuirá a hacerlo inmortal. Aunque podría haberlo escrito a lápiz o a tinta —señaló.

—Así parece más auténtica.

—No puede negarse que la curiosidad le infunde coraje. Pero tenga en cuenta que eso será un inconveniente para su correspondencia; no se la entregarán bajo esa máscara.

—La recibirá mi banquero y yo iré a recogerla todos los días. Me vendrá bien pasear un poco.

— ¿Sólo cuenta con eso? —preguntó la señora Prest—. ¿Es que no piensa ir a verme?

—Se habrá marchado de Venecia, para pasar fuera los meses de calor, antes de que se produzca algún resultado. Estoy dispuesto a achicharrarme aquí todo el verano, y puede que también en el más allá, como probablemente diría usted. Entre tanto John Cumnor me bombardeará con cartas dirigidas a casa de la señorita Bordereau con mi nombre falso.

—Reconocerá la letra —objetó.

—Podrá disimularla en el sobre.

— ¡Son ustedes un par de cuidado! ¿Y no se le ha ocurrido pensar que, aunque lograra usted convencerlas de que no es el señor Cumnor, tal vez sospechen de todos modos que podría ser un emisario suyo?

—Naturalmente que sí, y sólo veo un modo de evitarlo.

— ¿Y cuál podría ser?

Vacilé un momento y dije:

—Enamorar a la sobrina.

— ¡Ay! —exclamó mi amiga—. ¡Mejor espere a verla!

CAPÍTULO II

«Tengo que aprovechar el jardín… tengo que sacarle provecho al jardín», me repetía cinco minutos más tarde, mientras esperaba, ya en el palacio, en una sala larga y crepuscular, donde el suelo de scagliola se reflejaba tenuemente en una rendija de los postigos cerrados. La casa era impresionante, aunque tenía un aspecto reservado y frío. La señora Prest se marchó, con el acuerdo de encontrarse conmigo al cabo de hora y media en un embarcadero próximo; y, tras haber tirado de la oxidada cadena de una campana, accedí al edificio, donde fui recibido por una criada menuda, pelirroja y de tez blanca, muy joven y nada fea, que llevaba unos zuecos escandalosos y un chal en la cabeza, a modo de capucha. No tuvo a bien abrir la puerta desde arriba, con ayuda de la habitual polea chirriante, pese a que me miró desde una ventana y lanzó ese cauto desafío que precede en Italia al acto de admisión. Me irritaba en general esta pervivencia de las costumbres medievales, por más que como amante de las antigüedades, bien es verdad que de una variedad muy especial, tendría que haber sido de mi agrado; no obstante, resuelto como estaba a mostrarme cordial desde el primer momento, a cualquier precio, saqué del bolsillo mi falsa tarjeta y se la mostré a la muchacha, sonriendo como si se tratara de un talismán. Y tuvo la tarjeta el efecto de un artilugio mágico, pues la obligó a bajar a la puerta. Le rogué que se la entregara a su señora, tras escribir en italiano estas palabras: «¿Tendría la bondad de atender un momento a un caballero, a un viajero americano?». La joven no parecía hostil; su actitud podía serme útil. Se ruborizó, sonrió, y se mostró a un tiempo intimidada y complacida. Comprendí que mi llegada era un acontecimiento, que las visitas eran raras en aquella casa y que la criada sin duda prefería un lugar más animado. Cuando empujó la pesada puerta a mis espaldas y puse un pie en la ciudadela, me prometí firmemente no sacarlo de allí. La muchacha cruzó taconeando el húmedo vestíbulo de piedra, y la seguí por la alta escalera —al parecer de piedra aún más maciza— sin que ella formulase ninguna invitación. Creo que contaba con que yo me quedase esperando abajo, pero no era ésa mi intención, y tomé posiciones en la sala. Se adentró revoloteando en regiones impenetrables, mientras yo contemplaba el palacio con una palpitación semejante a la que sentía en la sala de un dentista. Tenía un esplendor sombrío y debía principalmente su personalidad a la nobleza de sus líneas y la exquisita monumentalidad de sus puertas, altas como fachadas, que se repetían intermitentemente a ambos lados, dando acceso a diversas estancias. Estaban rematadas estas puertas por antiguos escudos heráldicos con la pintura desvaída, y aquí y allá, en los espacios intermedios, colgaban oscuras pinturas de apariencia engañosamente mala, en marcos deslustrados y maltrechos que se me antojaron más deseables que los propios lienzos. Era muy poco lo que realzaba el efecto de la espléndida sala oscura, salvo algunas sillas con asiento de enea apoyadas en la pared. Todo indicaba que este espacio se usaba únicamente como zona de paso y que muy rara vez cumplía esta función. Podría añadir que, cuando la puerta por la que desapareció la criada se abrió al cabo de un rato, mis ojos se habían acostumbrado a la penumbra.

No pretendía decir, con la exclamación que antes prorrumpí para mis adentros, que quisiera cultivar personalmente la tierra del enmarañado recinto que yacía al pie de las ventanas, aunque la mujer que se acercaba en la distancia, pisando el suelo duro y reluciente, podría haberlo entendido así, a juzgar por la precipitación con que salí a su encuentro, y, esforzándome por hablar en italiano, exclamé con vehemencia:

—El jardín, el jardín... ¡hágame el favor de decirme si es suyo!

Se paró en seco, me miró con asombro y luego dijo:

—Nada de lo que hay aquí es mío —respondió en inglés, con tristeza y frialdad.

— ¡Ah, es usted inglesa, qué estupendo! —exclamé, fingiendo ingenuidad —. Pero seguro que el jardín pertenece a la casa.

—Sí, pero la casa no me pertenece. —Era una mujer alta, flaca y pálida, ataviada con un vestido de un color apagado, y hablaba con mucha sencillez, en tono suave. No me invitó a tomar asiento, como años antes (si es que era la sobrina) tampoco había invitado a la señora Prest, y nos encontrábamos frente a frente en la fabulosa estancia.

—En ese caso, ¿tendría la bondad de indicarme a quién debo dirigirme? Temo parecerle impertinente, pero necesito un jardín... ¡por mi honor lo necesito!

No tenía un rostro joven, aunque sí franco; tampoco era fresco, aunque sí claro. Los ojos eran grandes, aunque no brillantes; la melena parecía poco «cuidada», y es posible que las manos, grandes y finas, no estuviesen limpias. Las entrelazó con un ademán casi convulsivo, acompañado de un gesto de alarma, y dijo con ardor:

— ¡Por favor, no nos lo arrebate! También a nosotras nos gusta.

— ¿Tienen entonces el derecho de disfrutarlo?

—Sí. Si no fuera por eso... —Y esbozó una vaga sonrisa.

—Es un auténtico lujo, ¿no le parece? Tengo la intención de pasar unas semanas en Venecia, puede que todo el verano, y debo abordar ciertos trabajos literarios, algo de lectura y escritura; por eso necesito tranquilidad y, a ser posible, pasar mucho tiempo al aire libre… de ahí que me parezca imprescindible disponer de un jardín. Apelo a su propia experiencia —añadí, esbozando la más cordial de mis sonrisas—. ¿Me permite ver el suyo?

—No lo sé, no lo comprendo —murmuró la pobre mujer, intentando con desconcierto (y en vano, me pareció) explicarse mi extraña aparición.

—Sólo desde alguna de estas ventanas tan magníficas que tiene usted aquí, si me permite abrir los postigos. —Y eché a andar hacia el fondo de la sala. Cuando había recorrido la mitad del camino, me detuve, como si esperase que ella me acompañara. Me había comportado con notable brusquedad, pero también me había esforzado por producir una impresión de extrema cortesía —. He buscado alojamiento en toda la ciudad, y al parecer es imposible encontrar habitaciones con jardín. Los jardines son una rareza en un lugar como Venecia, naturalmente. Tal vez le parezca absurdo en un hombre, pero yo no puedo vivir sin flores.

—No hay muchas flores ahí abajo. —Se acercó un poco, como si, aunque recelase de mí, le hubiera tendido un hilo invisible. Continué y me siguió, diciendo—: Tenemos algunas, aunque son bastante corrientes. Me cuesta mucho cultivarlas; hace falta un hombre.

— ¿Y no podría ser yo ese hombre? —pregunté—. Trabajaría sin sueldo, o mejor aún, yo pagaría al jardinero. Tendrá usted las flores más dulces de Venecia.

Protestó a mis palabras con un sonido tembloroso y leve que bien podía ser al mismo tiempo una ostensible manifestación de placer ante mi generoso ofrecimiento. Luego, con voz entrecortada, dijo:

—No lo conocemos… no lo conocemos.

—Me conoce usted tanto como la conozco yo, incluso me conoce mucho más, puesto que sabe mi nombre. Y si es usted inglesa, somos casi compatriotas.

—No somos inglesas —dijo la mujer, mirándome casi con sumisión, mientras yo abría los postigos de una de las divisiones del ventanal.

—Habla usted el inglés maravillosamente: ¿puedo preguntarle de dónde es? —Visto desde arriba, el jardín se encontraba en un estado de verdadero abandono, aunque me bastó una ojeada para detectar sus posibilidades. Ella no respondió, tan perdida estaba en su asombro y su amabilidad, y exclamé—: ¿No querrá decir que es usted americana?

—No lo sé. Lo éramos.

— ¿Lo eran? Eso no se puede cambiar.

—Han pasado muchos años. No creo que ahora seamos nada.

— ¿Tanto tiempo hace que vive aquí? Bueno, tampoco me extraña; es una casa magnífica. Supongo que todos disfrutan del jardín, pero le prometo que no molestaré a nadie. Seré muy silencioso y me quedaré tranquilamente en un rincón.

— ¿Todos? —repitió vagamente, sin acercarse a la ventana y con la vista clavada en mis zapatos. Daba la impresión de que me creía capaz de defenestrarla.

—Toda la familia… los que sean.

—Aquí sólo vive otra persona conmigo. Es muy anciana. Nunca baja al jardín.

Sentí un escalofrío al oír esta alusión a Juliana, pese a lo cual no perdí la cabeza.

— ¡Sólo otra persona en una casa tan grande! —Fingí sentirme no sólo asombrado, sino casi escandalizado—. ¡En tal caso, querida señora, tienen ustedes mucho espacio libre!

— ¿Libre? —repitió, casi como si disfrutara del insólito placer de conversar con alguien.

— ¡Seguro que dos mujeres tranquilas (veo que es usted una persona tranquila) no ocupan cincuenta habitaciones! —Y entonces, llevado por un arrebato de alegría y esperanza, formulé directamente la pregunta—. ¿No podrían arrendarme dos o tres, a cambio de una buena suma? ¡Me vendría de maravilla!

Con eso había pulsado la nota que revelaba mis intenciones y no tenía necesidad de reproducir la melodía completa. Quería que me tomase por una persona sin ningún propósito definido, aunque en ningún momento intenté siquiera persuadirla de que no era un excéntrico. Señale una vez más la necesidad de dedicarme al estudio, el deseo de tranquilidad, mi fascinación por los jardines y el hecho de haber buscado en vano uno por toda la ciudad, y le aseguré que me encargaría de que en menos de un mes la vieja y querida casa estuviera rebosante de flores. Creo que las flores fueron la baza que me proporcionó la victoria, pues más tarde descubrí que la señorita Tina —resultó que éste era el nombre, no exento de incongruencia, de la alta y trémula solterona— tenía un insaciable apetito de flores. Cuando digo que fue una victoria me refiero a que, antes de que me marchara, ella prometió que trasladaría mi petición a su tía. Y, cuando me interesé por la identidad de la anciana, respondió: «¡La señorita Bordereau, claro!». Adoptó un aire de sorpresa, como si debiera yo saberlo.

La señorita Tina albergaba contradicciones similares que, como pude observar más adelante, contribuían a convertirla en una mujer incalculablemente interesante y agradable. Se habían aplicado estas damas en vivir de tal manera que el mundo no las rozase ni hablase de ellas, y al mismo tiempo nunca llegaron a aceptar la idea de que yo pudiera no saber nada de su existencia. Al menos en la señorita Tina, la necesidad de contacto humano no se había extinguido por completo, y algún contacto, aunque limitado, por fuerza tendría que producirse si llegaba a instalarme finalmente en la casa.

—Nunca hemos hecho una cosa así; nunca hemos tenido un inquilino, ni un huésped —se cuidó de señalarme—. Somos muy pobres, vivimos muy mal… casi con nada. Las habitaciones están vacías… las que usted podría ocupar; no tienen nada. No sé cómo dormiría usted, cómo comería.

—Con su permiso, podría poner una cama y algunas mesas y sillas. C'est la moindre de choses, y cuestión de sólo un par de horas. Conozco a un hombrecillo que me alquilaría por muy poco dinero lo que pueda necesitar temporalmente; y mi gondolero se ocupará de traerlo. Seguro que en una casa tan grande disponen de una segunda cocina, y mi criado, que es un hombre de lo más mañoso —este personaje era una mera ocurrencia del momento—, podrá prepararme un filete. Mis costumbres y mis gustos son muy sencillos. ¡Vivo de las flores! —Y me atreví a añadir entonces que, si eran tan pobres, razón de más para alquilar algunas habitaciones. No eran buenas economistas… jamás había visto semejante desperdicio de medios.

Me percaté al instante de que nadie se había dirigido nunca a la pobre mujer en ese tono, con una firmeza que no excluía la simpatía, puesto que en ella se sustentaba, aunque también con un punto de humor. Mi interlocutora bien podría haber replicado que mi simpatía era una impertinencia, mas por fortuna no se le ocurrió. Me despedí tras acordar que ella transmitiría el asunto a su tía y yo regresaría al día siguiente para conocer su decisión.

—La tía se negará. Le resultará todo muy sospechoso —me dijo poco después la señora Prest, cuando volví a ocupar mi puesto en su góndola. Primero me había metido la idea en la cabeza y ahora (¡qué poco puede fiarse uno de las mujeres!) parecía desdeñarla. Provocado por su pesimismo, fingí sentirme muy esperanzado; incluso presumí de augurar un éxito rotundo. A esto mi amiga exclamó—: ¡Ya veo lo que tiene en mente! Cree haber impresionado tanto a esa mujer en sólo cinco minutos que se morirá por verlo a usted instalado en la casa, y está seguro de que logrará convencer a la otra. Lo verá como un triunfo si lo consigue.

Lo veía como un triunfo, pero un triunfo del comentarista —en última instancia— y no del hombre, que desconocía la tradición de la conquista personal. Cuando regresé a la mañana siguiente, la criada me condujo directamente a través de la sala, que como el día anterior se extendía en una gran perspectiva —y en la que había algo más de luz, lo cual interpreté como un buen presagio—, hasta la estancia de la que mi anfitriona había salido a recibirme en mi primera visita. Era una habitación amplia y avejentada, con frescos en los techos, y una extraña y solitaria figura sentada junto a una de las ventanas. Me invadieron de nuevo en ese instante, con la palpitación que invariablemente producían, los sucesivos estados de ánimo que revelaban a mi conciencia que, en cuanto la puerta se hubiese cerrado a mis espaldas, me encontraría cara a cara con la Juliana que había inspirado algunos de los más exquisitos y famosos poemas de Aspern. Más tarde me acostumbré gradualmente a esta mujer, aunque nunca del todo; pero en ese momento, al encontrarme con ella, mi corazón latió con tanta velocidad como si el milagro de la resurrección se hubiera obrado en beneficio mío. Su presencia parecía contener y expresar de algún modo el espíritu del poeta, y me sentí entonces, al verla por vez primera, más cerca de él de lo que nunca me había sentido antes ni he vuelto a sentirme después. Sí; recuerdo el orden en que se desencadenaron mis emociones, incluso el curioso y leve temblor que se apoderó de mí al comprobar que la sobrina no estaba. Había llegado a sentirme razonablemente seguro ante la señorita Tina el día anterior, y el hecho de verme a solas con la terrible reliquia de la tía, por más que hubiese anhelado aquel encuentro, a punto estuvo de arrebatarme todo el valor. Me resultó muy extraña, literalmente resucitada. Corregí después esta impresión inicial, en el sentido de que, en realidad, no estábamos cara a cara, pues cubría los ojos de la anciana una horrorosa visera verde que era casi como una máscara. Creí por un momento que se la había puesto expresamente para poder observarme a hurtadillas sin que yo viese su rostro. La visera le confería además una apariencia fantasmagórica, como si detrás acechase la cabeza de un difunto. La divina Juliana transformada en una calavera sonriente… la imagen tardó un rato en desaparecer. Entonces comprendí que era muy vieja, tanto que la muerte podía llevársela en cualquier momento, antes de que pudiera alcanzar mi objetivo. Otro pensamiento vino a corregir éste, iluminando un poco la situación. Podía morir la semana siguiente, podía morir mañana, y, cuando esto ocurriera, yo me abalanzaría sobre sus posesiones y saquearía sus gavetas. Entre tanto allí estaba, sentada, sin moverse y sin hablar. Era muy menuda y estaba encogida, encorvada hacia delante, con las manos en el regazo. Vestía de negro y llevaba en la cabeza un gorrito de encaje del mismo color, bajo el cual no asomaba ni rastro de cabello.

Como mi emoción me hiciera guardar silencio, fue ella quien habló en primer lugar, y su comentario no pudo ser más inesperado.

CAPÍTULO III

—Nuestra casa está lejos del centro, pero es muy comme il faut.

—Es el rincón más precioso de Venecia; no puedo imaginar nada más bonito —me apresuré a responder. La voz de la anciana era muy fina y débil, aunque tenía una agradable y cultivada resonancia, y me asombró pensar que esa nota tan peculiar había sonado en los oídos de Jeffrey Aspern.

—Siéntese ahí, por favor. Oigo perfectamente —dijo en voz baja, como si hubiese gritado al dirigirme a ella; y me indicó una silla algo apartada. Tomé asiento mientras le aseguraba que era plenamente consciente de mi intromisión, además, no me había presentado como es debido, y no podía sino someterme a su indulgencia. Tal vez la otra dama, a la que había tenido el honor de conocer el día anterior, le hubiese hablado del jardín. Ésa era la razón exacta por la que me había atrevido a dar un paso tan poco convencional. Me enamoré del jardín a primera vista (puede que ella estuviese tan acostumbrada que no alcanzase a comprender la impresión que podía causar en un desconocido) y me pareció que un lugar así bien valía correr algún riesgo. ¿Era la amabilidad que mostraba al recibirme una señal de que mis cálculos no estaban del todo errados? Eso me haría muy feliz. Podía darle mi palabra de honor de que era una persona inofensiva y respetabilísima, y apenas notarían mi presencia en el palacio. Respetaría todas las normas, cualquier restricción, con tal de que se me permitiese disfrutar del jardín. Además, no tenía inconveniente en aportar referencias, garantías, siempre de la mejor clase, tanto en Venecia como en Inglaterra y en Estados Unidos.

Me escuchó en absoluta quietud, y fui consciente del escrutinio a que me sometía con su mirada, aunque sólo podía ver la parte inferior del rostro apagado y marchito. Revelaba, pese a la erosión de los años, una delicadeza que debió de ser notable en otro tiempo. Había sido muy rubia y tenía un cutis espléndido. Guardó silencio y, cuando terminé de hablar, dijo:

—Si tanto le gustan los jardines, ¿por qué no va usted a terra firma, donde los hay en abundancia y mucho mejores que éste?

—Es la combinación lo que me gusta —respondí, con una sonrisa; y dejando volar mi fantasía añadí—: Es la idea de un jardín en medio del mar.

—Esto no es el medio del mar; casi no se ve el agua.

La observé un instante, preguntándome si no estaría acusándome de mentir.

— ¿Que no se ve el agua? ¡Mi querida señora, he venido hasta la puerta en una barca!

Respondió vagamente, con cierta incoherencia:

—Sí, si se dispone de una barca. Yo no la tengo. Hace muchos años que no subo a una góndola. —Pronunció estas palabras como si aludiera a una rara y antigua embarcación que conociese sólo de oídas.

— ¡Permítame decirle que será un placer poner la mía a su disposición! —le ofrecí. Apenas había terminado de decir estas palabras cuando caí en la cuenta de que era un comentario de dudoso gusto; además, podía perjudicarme, por resultar demasiado ávido, demasiado animado por una motivación oculta. Pero la anciana siguió mostrándose impenetrable, y me preocupó su actitud, pues denotaba que tenía una visión de mí más amplia de la que yo tenía de ella. No me dio las gracias por este estrambótico ofrecimiento, sino que señaló que la dama a la que había visto el día anterior era su sobrina; no tardaría en llegar. Le había pedido expresamente que esperase un poco; tenía sus razones para verme a solas primero. Guardó silencio, y me pregunté cuáles serían esas razones que no mencionaba y qué podría suceder a continuación; pensé también si debía aventurar algún elogio prudente acerca de la sobrina. Me atreví a decir que me gustaría mucho volver a ver a nuestra amiga: había sido muy paciente conmigo, habida cuenta de la extrañeza que debió de causarle mi visita. Este apunte suscitó otro enigmático comentario de la señorita Bordereau.

—Sus modales son excelentes. ¡Yo la eduqué! —Estuve a punto de decir que eso explicaba la gentileza de la sobrina, pero me contuve a tiempo, y la anciana continuó en seguida—: No me interesa quién es usted… no quiero saberlo; eso significa muy poco en estos días. —Detecté en esta observación una fórmula de rechazo, como si acto seguido fuese a indicarme que me marchara, ahora que ya se había divertido viendo en persona a semejante monstruo de la indiscreción. De ahí que me dejase perplejo cuando, con aquella voz suave, temblorosa y venerable, añadió—: Puede disponer de tantas habitaciones como guste, si me paga una buena suma de dinero.

Vacilé apenas un segundo, sólo lo imprescindible para sopesar a qué se refería con esta condición. Me pareció al principio que tendría en mente una cantidad sustancial, aunque razoné luego que su idea de lo que era una suma importante probablemente no se correspondía con la mía. Esta reflexión, creo, no disminuyó la prontitud de mi respuesta:

—Pagaré de buen grado, y naturalmente por adelantado, lo que estime oportuno pedir.

—En ese caso, quiero mil francos mensuales —dijo al punto, mientras la desconcertante visera verde seguía velando su expresión.

Era una cantidad de las que asustan, como suele decirse, y comprendí que mi lógica había fallado. Excedía con creces el promedio de la ciudad. Por la misma suma podía encontrar viejos palacios a montones, en algún rincón apartado, para un año entero. No obstante, estaba dispuesto a gastar ese dinero, en la medida en que mis recursos lo permitían, y tomé la decisión rápidamente. Le pagaría de buen grado lo que me pedía, aunque en ese caso no le ofrecería una cantidad adicional por el «botín». Creo que habría aceptado el reto igualmente, aunque me hubiese exigido cinco veces más, pues me parecía abominable regatear con la Juliana de Aspern. Bastante extraño se me hacía ya hablar de dinero con ella. Le aseguré que sus pretensiones se adecuaban plenamente a lo previsto por mí y prometí que al día siguiente tendría el placer de abonarle la renta de tres meses. Recibió este anuncio con aparente agrado y sin reparar en que debería haberme invitado a ver las habitaciones. No cayó en la cuenta, y lo cierto es que su serenidad era para mí lo principal. Acabábamos de sellar este modesto acuerdo cuando se abrió la puerta y la sobrina apareció en el umbral. Nada más verla, la señorita Bordereau exclamó casi con alegría:

— ¡Nos dará tres mil… tres mil, mañana!

La señorita Tina no se movió del sitio, nos miró con ojos pacientes y después, con voz apenas audible, dijo:

— ¿Quiere decir francos?

A lo que la anciana me preguntó entonces:

— ¿Hablaba usted de francos o de dólares?

—Creo que usted ha dicho francos —respondí, con una sonrisa inequívoca.

—Eso está muy bien —terció la señorita Tina, como si tomara conciencia de lo ambiciosa que su pregunta había podido resultar.

— ¿Qué sabrás tú? Eres una ignorante —señaló la señorita Bordereau, no con acritud, pero sí con una extraña frialdad.

—La verdad es que de dinero… ¡precisamente de dinero! —se apresuró a reconocer la sobrina.

—Estoy seguro de que entiende usted de muchas otras cosas —me tomé la libertad de decir, con la mayor cordialidad. Me disgustaba el giro de la conversación hacia los dólares y los francos.

—Tuvo una educación excelente cuando era joven. Yo me ocupé de que así fuera —dijo la anciana. Y añadió—: Pero no ha vuelto a aprender nada desde entonces.

—He estado siempre contigo —repuso la señorita Tina con mansedumbre, y a todas luces sin intención de herir.

— ¡Sí, pero de no haber sido por eso…! —replicó la tía, esta vez con mayor sarcasmo. Era evidente su intención de señalar que la sobrina no habría llegado a nada en caso contrario; esta observación, sin embargo, no causó mayor efecto en la señorita Tina que el de ruborizarse al ver revelada su historia personal en presencia de un desconocido. La anciana continuó, dirigiéndose a mí—: ¿A qué hora vendrá mañana con el dinero?

—Cuanto antes mejor. Vendré a mediodía, si le parece bien.

—Estoy siempre aquí, pero tengo mis horarios —respondió la anciana, indicando con ello que su disponibilidad no debía darse por sentado.

— ¿Tiene entonces unas horas para recibir visitas?

—Nunca recibo. Pero lo veré a mediodía, cuando traiga el dinero.

—Estupendo. Seré puntual —y añadí—: ¿Podemos sellar nuestro acuerdo con un apretón de manos? —Me pareció necesario emplear alguna fórmula; me sentiría mucho más cómodo, pues estaba seguro de que no habría ninguna otra formalidad. Además, aunque no pudiera decirse de la señorita Bordereau que fuese atractiva, con tantos años encima, y aunque hubiese en su ajada vejez algo que ciertamente invitaba a guardar un poco las distancias, tuve el irresistible deseo de sostener por un momento en mi mano la mano que Jeffrey Aspern había acariciado.

No respondió en un buen rato, y comprendí que mi propuesta no merecía su aprobación. Tampoco hizo ademán de retirarse, tal como yo esperaba a medias. Se limitó a decir fríamente:

—Soy de una época en la que no se estilaba esa costumbre.

Me sentí bastante desairado, pero, dirigiéndome a la señorita Tina, dije con buen humor:

— ¡Usted sirve igual de bien! —y le estreché la mano, mientras ella asentía, un poco aturullada.

—Sí, sí, ¡para demostrar que todo está arreglado!

— ¿Traerá usted el dinero en metálico? —preguntó la señorita Bordereau, cuando ya me acercaba a la puerta.

La miré un instante.

— ¿No le preocupa tener tanto dinero en casa? —No es que me molestase su codicia, sino que me asombraba de veras la incongruencia de contar con un tesoro de tal magnitud y tan escasos medios para custodiarlo.

— ¿De quién tendría que preocuparme, si no es de usted? —replicó, con macabra contundencia.

—Bueno —dije, riendo—. Le aseguro que seré su protector y le traeré el dinero en metálico si lo prefiere.

—Gracias —respondió con dignidad; y con una inclinación de cabeza me indicó que era el momento de retirarme. Salí de la habitación pensando que sería muy difícil vencer su resistencia. Cuando llegué a la sala vi que la señorita Tina me había seguido y creí que se proponía reparar la negligencia de su tía, que no me había ofrecido ver las habitaciones. Pero tampoco ella tuvo esta cortesía; se quedó allí con una sonrisa apagada, aunque no lánguida, y un aire de muchacha incompetente y poco responsable que contrastaba de un modo casi cómico con su avejentada apariencia. No era un ser frágil, como su tía, y sin embargo me pareció mucho más inútil, pues era la suya una debilidad interior, de lo cual no podía acusarse a la señorita Bordereau. Esperé a que me invitase a conocer el resto de la casa, aunque no quería precipitarme, puesto que tenía el propósito de pasar el mayor tiempo posible en su compañía a partir de ese momento. Lo cierto es que transcurrió un minuto hasta que me decidí a hablar.

—He tenido más suerte de lo que imaginaba. Su tía ha sido muy amable conmigo. Quizá le habló usted bien de mí.

—Ha sido por el dinero.

— ¿Se lo sugirió usted?

—Le dije que tal vez estuviese dispuesto a pagar una suma generosa.

— ¿Qué le hizo pensar eso?

—Me pareció que era usted rico.

— ¿Y cómo se le ocurrió una cosa así?

—No lo sé, por su manera de hablar.

—Querida mía, tendré que cambiar mi manera de hablar. Lamento decirle que no es el caso.

—Bueno —dijo la señorita Tina—, creo que en Venecia los forestieri tienden a ofrecer mucho por algo que en realidad no vale tanto. —Hizo esta observación con intención de tranquilizarme, como si deseara señalar que mi estrafalaria conducta no era tan singular y desatinada. Cruzamos la sala juntos y, mientras tomaba la medida de su esplendor, lamenté que aquel espacio no fuese a formar parte de mi quartiere. ¿Se encontraban acaso mis habitaciones entre alguna de las puertas que daban allí?—. No, si se aloja usted arriba —respondió, como si por fuerza tuviera yo que saber cuál era mi sitio.

—Supongo entonces que es allí donde su tía desea que me instale.

—Ha dicho que sus habitaciones deben estar bien separadas.

—Eso me parece bien. —Y escuché con respeto a la sobrina, mientras me explicaba que arriba tendría libertad para hacer lo que quisiera; que había otra escalera, pero que partía desde la planta en la que nos encontrábamos, y que para acceder al jardín o subir a mi cuarto, efectivamente tendría que cruzar la gran sala. Me pareció una suerte inmensa; supuse que ésa sería mi única oportunidad de relacionarme con las damas. Cuando le pregunté a la señorita Tina cómo podía orientarme para acceder a la planta de arriba, respondió con esa cordial timidez que era en ella un rasgo constante.

—No podrá. A menos que lo acompañe. —Era evidente que no había caído en la cuenta.

Subimos al segundo piso y recorrimos una larga sucesión de estancias vacías. Las mejores daban al jardín; otras miraban al lado contrario, sobre los tejados de la ciudad y la laguna azul. Todas estaban cubiertas de polvo, incluso un poco deslucidas tras su largo abandono, pero pensé que unos cientos de francos me bastarían para habilitar cómodamente tres o cuatro. El experimento me estaba resultando bastante costoso, aunque ahora que estaba a punto de tomar posesión no debía permitir que esto me preocupase. Le hablé a mi acompañante de algunas de las cosas que necesitaría, a lo que contestó, con más precipitación de lo acostumbrado, que podía obrar a mi antojo; al parecer quiso indicarme que no se entrometerían sino veladamente en mis asuntos. Supuse que la anciana le había pedido que adoptase esta actitud, y ahora estoy en condiciones de afirmar que más tarde llegué a distinguir perfectamente (tal como adiviné en ese momento) entre lo que ella me decía bajo su propia responsabilidad y lo que la tía la obligaba a decirme. No dio muestras de reparar en la suciedad de las habitaciones y no se permitió explicaciones ni disculpas. Me pareció un indicio de que Juliana y su sobrina — ¡una idea decepcionante!— eran personas desaliñadas y decadentes, si bien tuve que reconocer que mi forzada aparición no me facultaba para adoptar una actitud crítica. Nos asomamos a una de las numerosas ventanas, puesto que dentro no había nada que mirar; sin embargo, no deseaba marcharme. Le pregunté por algunos edificios que se mostraban a la vista, pero resultó que no conocía ninguno. Era evidente que no estaba familiarizada con aquel paisaje, como si no se hubiese molestado en contemplarlo desde hacía años, y comprendí que algo le preocupaba demasiado para fingir siquiera un poco de interés por el panorama. De pronto dijo, sin que nada invitase a este comentario:

—No sé si a usted le importará, pero el dinero es para mí.

— ¿El dinero…?

—El dinero que va a proporcionarnos.

—Vaya, ¡hará usted que desee quedarme dos o tres años! —dije, con la mayor cordialidad que me fue posible, pues empezaba a irritarme que aquellas dos mujeres tan vinculadas a Aspern sacaran continuamente a colación la cuestión pecuniaria.

—Eso sería fantástico para mí —respondió, casi con alegría.

— ¡Me hace usted un honor!

Dio la impresión de no comprender mi respuesta, y continuó diciendo:

—Ella quiere dejarme en buena situación. Cree que no tardará en morir.

— ¡Espero que no! —exclamé, con un sentimiento sincero. Había considerado la posibilidad de que la señorita Bordereau decidiese destruir sus documentos cuando sintiera la proximidad del fin. Pensaba que se aferraría a ellos hasta ese momento y hasta estaba convencido de que leía las cartas de Aspern todas las noches, o al menos se las llevaba a los labios marchitos. ¡Qué no habría dado yo por presenciar alguno de esos momentos solemnes! Le pregunté a la señorita Tina si la venerable anciana estaba gravemente enferma, a lo que contestó que sólo estaba muy cansada… había vivido muchos años. Al parecer eso decía la señorita Bordereau, que deseaba morir para variar. Además, todas sus amistades habían fallecido hacía mucho tiempo; o los demás deberían seguir con vida o ella tendría que haber muerto. Ésta era otra de las cosas que decía muy a menudo; no lograba resignarse en absoluto… resignarse a la vida.

—Pero nadie muere cuando lo desea, ¿verdad? —inquirió la sobrina. Me tomé la libertad de preguntarle por qué, si disponían de dinero suficiente para mantenerse las dos, no bastaría con la misma cantidad para ella sola cuando su tía faltase. Consideró un momento el dilema, y al fin dijo—: Bueno, quiere cuidar de mí. Cree que cuando ella falte me portaré como una idiota y no sabré valerme por mí misma.

—A mí me ha parecido que era usted quien cuidaba de ella. Me temo que su tía es una mujer muy orgullosa.

— ¿Tan poco ha tardado en darse cuenta? —exclamó, con un deje de complacida sorpresa.

—He pasado un buen rato a solas con ella, y me ha impresionado mucho; me ha parecido una persona muy interesante. No ha sido difícil llegar a esta conclusión. No creo que tenga intención de hablar mucho conmigo durante mi estancia aquí.

—No, no lo creo —asintió.

— ¿Cree usted que sospecha de mí?

Los ojos sinceros de la señorita Tina no dejaron traslucir que mi pregunta hubiese acertado algún blanco.

—No lo creo… a la vista de la facilidad con que lo ha aceptado.

— ¿A eso lo llama usted facilidad? Se ha curado en salud —dije—. Aunque, ¿qué ventaja podría sacar nadie de ella?

—No podría decírselo, aunque lo supiera —respondió. Y, sin darme tiempo a replicar, añadió, con una triste sonrisa—: ¿Le parece a usted que tengamos alguna debilidad?

—Precisamente por eso lo pregunto. No tienen ustedes más que decirla para que la respete yo religiosamente.

Me miró en lo sucesivo con ese aire de ingenua timidez y aun de complacida curiosidad que había mostrado desde el primer momento. Y dijo entonces:

—No hay nada de qué hablar. Vivimos en un silencio aterrador. No sé cómo pasan los días. No tenemos vida.

—Me agradaría pensar que tal vez yo pueda aportarles algo.

—Ah, sabemos lo que queremos —dijo—. No tiene importancia.

Quise preguntarle lo menos veinte cosas: cómo vivían; si tenían alguna amistad o si alguien las visitaba, algún pariente en Estados Unidos o en otro país. Juzgué, sin embargo, que esta sagacidad sería prematura; debía reservarla para otra ocasión.

—Bueno, no sea usted orgullosa —me contenté con decir—. No se oculte de mí por completo.

—Tengo que ocuparme de mi tía —respondió, sin mirarme. Y al instante, bruscamente, sin ninguna ceremonia de despedida, desapareció sin indicarme la salida. Me quedé un rato más, deambulando por el luminoso desierto (el sol entraba a raudales) del viejo palacio, sopesando la situación. Ni siquiera la joven serva de andar escandaloso acudió en mi ayuda, y concluí que, a fin de cuentas, esa manera de tratarme denotaba confianza.

CAPÍTULO IV

Puede que así fuese, y sin embargo, transcurridas seis semanas de mi llegada, a eso de mediados de junio, cuando la señora Prest emprendió su migración anual, aún no había hecho yo ningún progreso apreciable. Me vi obligado a confesarle que no podía ofrecerle resultados. Mi primer paso se había producido con inesperada celeridad, pero nada indicaba que fuese a dar el siguiente en breve. Me encontraba a mil kilómetros de tomar el té con mi anfitriona, ese privilegio que, tal como le recordé a mi amiga, ambos habíamos imaginado. Me reprochó mi apocamiento y respondí que incluso para ser audaz es necesaria una oportunidad: puede colarse uno por una grieta, pero no puede derribar el muro. Replicó que la grieta ya estaba abierta, y que tenía tamaño suficiente para que un ejército se colase por ella; y me acusó de malgastar mi valioso tiempo gimoteando en su salón, cuando debiera estar en el campo de batalla. Cierto es que iba a verla muy a menudo, con la esperanza de que pudiera consolarme (le había manifestado mi decepción sin reservas) por mi falta de éxito. No obstante, empezaba a sentir que no me consolaba en absoluto verme continuamente reprendido por mis escrúpulos, tanto más cuanto que mi vigilancia era extrema; y me alegró que mi irónica amiga cerrase su casa para pasar el verano fuera de la ciudad. La señora Prest esperaba divertirse a cuenta del drama que desencadenaría mi relación con las señoritas Bordereau, y le decepcionó constatar que la relación, y en consecuencia el drama, no avanzaban.

—Terminarán por arruinarlo —dijo, antes de abandonar Venecia—. Le sacarán el dinero y no le enseñarán ni un trozo de papel. —Creo que, tras su partida, me apliqué a mi tarea con mayor concentración.

Era innegable que hasta la fecha, y salvo en una breve ocasión, no había tenido siquiera un segundo de contacto con mi extraña anfitriona. La excepción se produjo cuando, fiel a mi palabra, les llevé los terribles tres mil francos. La señorita Tina me esperaba en la sala, y la prontitud con que aceptó el dinero de mis manos me impidió ver a su tía. Aunque había prometido recibirme, no parecía tener ningún reparo en incumplir su promesa. Llevé el dinero que me procuró mi banquero en una bolsa de gamuza de considerables dimensiones, y la señorita Tina tuvo que cerrar el puño con fuerza para cogerla. Lo hizo con extremada solemnidad, pese a mis intentos por abordar la situación como una pequeña broma. Sin la menor intención de ser chistosa, aunque con una claridad casi excesiva, preguntó, sopesando el dinero con las dos manos:

— ¿No le parece que es demasiado?

A lo cual respondí que eso dependía del placer que el acuerdo me procurase. Entonces se marchó de buenas a primeras, como hiciera el día anterior, murmurando en un tono muy distinto de cualquiera que hubiese empleado hasta ese momento:

— ¡Ah, placer, placer… en esta casa no hay placer!

Desde ese instante y hasta mucho tiempo después, no volví a verla, y no entendía cómo la rutina diaria no propiciaba algún encuentro. La única explicación posible era que ella se cuidase de evitarlo por todos los medios. Por otro lado, la casa era tan grande que cada cual vivía allí perdido para los demás. La buscaba esperanzado cuando cruzaba la sala en mis idas y venidas, pero ni una sola vez me vi recompensado con un atisbo de la cola de su vestido. Era como si jamás saliera de las habitaciones de su tía. No me explicaba qué podía hacer allí, semana tras semana y año tras año. Jamás había visto yo reclusión tan severa; era mucho más que silencio: eran como dos criaturas acechadas que se fingiesen muertas. No recibían ninguna visita y no tenían contacto alguno con el mundo. Pensé, en todo caso, que nadie podía entrar en la casa, ni la señorita Tina podía salir, sin que yo lo viese. Hice algo que me disgustó, convencido de que no me quedaba más remedio: interrogué a mi criado acerca de las costumbres de las damas, dándole a entender que me interesaba cualquier información que pudiera facilitarme. Fue poquísimo lo que llegó a averiguar, tratándose de un veneciano; pero es preciso añadir que, cuando se vive en un ayuno perpetuo, no es fácil encontrar migajas en el suelo. Sus habilidades, por lo demás, resultaron suficientes, aunque no alcanzasen la excelencia que yo le había atribuido en mi primer encuentro con la señorita Tina. Ayudó a mi gondolero a cargar los muebles en la góndola, los subió al segundo piso, los distribuyó, según nuestro común entender, y organizó mi vida doméstica con la mayor dignidad, considerando que era mi único sirviente. Me procuró toda la comodidad posible, habida cuenta de mis inciertas perspectivas. Me habría alegrado que se hubiese enamorado de la criada de la señorita Bordereau o, en su defecto, le hubiese tomado manía: cualquiera de las dos cosas habría desencadenado una catástrofe, y la catástrofe tal vez hubiera exigido alguna negociación. Tenía yo a la muchacha por una persona sociable, y en más de una ocasión la vi trajinando en sus quehaceres, por lo que estaba seguro de que era accesible. Sin embargo, no logré saborear ningún chisme de esta fuente, y más tarde supe que los afectos de Pasquale se habían fijado en un objeto que lo volvía indiferente a las demás mujeres. Era el objeto en cuestión una joven con la cara empolvada, vestido de algodón amarillo y ocio en abundancia, que lo visitaba muy a menudo. Practicaba, a su antojo, el arte de ensartar cuentas; elaboraba esa clase de adornos que se ven en Venecia con tanta profusión. Llevaba los bolsillos llenos de abalorios, y a veces los encontraba yo por el suelo de mis habitaciones. La muchacha, además, no le quitaba ojo a su posible rival. En ningún caso me correspondía a mí inmiscuirme en los asuntos domésticos, y jamás le dirigí la palabra a la cocinera de la señorita Bordereau.

Me llamó la atención, como señal de que la anciana había resuelto no tener ningún trato conmigo, que no me diese un recibo por el pago de los tres meses de alquiler. Lo esperé durante algunos días, y después, cuando ya había renunciado a recibirlo, malgasté mucho tiempo preguntándome por qué razón omitiría una fórmula tan indispensable y común. Al principio estuve tentado de enviarle un recordatorio, pero al final descarté la idea —en contra de mi propio criterio sobre lo que procedía en tales circunstancias—, pues deseaba pasar desapercibido. Si cabía la posibilidad de que la señorita Bordereau sospechara que yo albergase otras intenciones, sus recelos se mitigarían si le solicitara este formalismo, y sin embargo me abstuve. Era posible que su omisión fuese una impertinencia deliberada, una ironía evidente, con la que demostrarme que era capaz de derrotar a quien se proponía derrotarla. Sobre la base de esta hipótesis, me pareció preferible darle a entender que no reparaba en sus triquiñuelas. La verdadera causa de su proceder, según supe más tarde, respondía únicamente al deseo de señalar que el favor del que gozaba yo era tan rígido y limitado como generosa había sido ella en otorgármelo. Me había entregado una parte de su casa, pero no estaba dispuesta a añadir a esta prebenda siquiera un mísero trozo de papel con su nombre. Permítaseme decir que, ni siquiera al principio, esto me molestó en exceso, toda vez que la situación tenía en conjunto el encanto de su rareza. Anticipé que pasaría un verano muy acorde con mi ánimo literario; a fin de cuentas, la sensación de estar aprovechando mi oportunidad era muy superior a la de estar siendo utilizado. No había en Venecia ningún negocio que no exigiera paciencia, y puesto que me maravillaba la ciudad, me sentía más en consonancia con el espíritu del lugar por el hecho de haber realizado una importante provisión de fondos. Este espíritu me acompañaba en todo momento y parecía observarme con el revivido rostro inmortal —en el cual resplandecía todo su genio— del gran poeta que me impulsaba. Yo lo había invocado, y él había acudido a mi llamada; merodeaba a mi alrededor la mitad del tiempo. Era como si su genial presencia hubiese regresado a la tierra para garantizarme que consideraba mi empresa tan suya como mía, y que fraternalmente juntos contemplaríamos su conclusión. Era como si me dijese: «Pobrecilla, sé bueno con ella; tiene sus prejuicios, como es natural. Sólo dale un poco de tiempo. Por extraño que parezca, era muy atractiva en 1820. Entre tanto, ¿no estamos juntos en Venecia? ¿Qué lugar mejor para el encuentro de dos buenos amigos? Mira cómo resplandece con la luz del verano, cómo refulgen y se funden el cielo, el mar, el aire rosáceo y el mármol de los palacios». Mi descabellada y secreta misión pasó a formar parte de la aventura y de la gloria del conjunto; incluso llegué a experimentar una suerte de unión mística, de fraternidad moral con todos los que, en el pasado, habían estado al servicio del arte. Habían trabajado por la belleza, con devoción. ¿Qué otra cosa hacía yo? Ese elemento estaba presente en todo lo que Jeffrey Aspern había escrito, y yo me limitaba a sacarlo a la luz.

Me demoraba un poco cada vez que cruzaba la sala; vigilaba, cuanto me parecía decente, la puerta que conducía a las habitaciones de la señorita Bordereau. Quien me observara habría dado en pensar que intentaba formular algún hechizo o realizar algún curioso experimento de hipnotismo. En realidad sólo rezaba para que la puerta se abriese, o imaginaba los tesoros que tal vez acechaban tras ella. Me sorprende, ahora que lo pienso, que en ningún momento dudase de que las reliquias sagradas se escondían allí; nunca me abandonó la dicha de saberme bajo el mismo techo. Se hallaban al alcance de mi mano —aún no se me habían escapado— y, en cierto sentido, unían permanentemente mi vida con una ilustre existencia anterior. Me abandoné a esta satisfacción hasta el punto de convencerme —en mi silenciosa extravagancia— de que la pobre señorita Tina también se remontaba a esa época lejana; así lo expresaba yo. Y lo cierto es que tal era el caso de la amable solterona, aunque no hubiese pertenecido a la época de Jeffrey Aspern, a quien sólo conocía de oídas, igual que yo. La única diferencia es que ella había vivido muchos años con Juliana, había visto y tocado todos los recuerdos y —aunque fuese estúpida— por fuerza tenía que habérsele transmitido algún conocimiento esotérico. Eso representaba la anciana: conocimiento esotérico; y ésta era la idea que estremecía mi corazón de crítico. Latía en verdad mucho más deprisa cuando regresaba a casa, cualquier noche, y con una vela en la mano me detenía en la sala repleta de eco, camino de mi cuarto. Era como si en ese momento, en la quietud de la noche y tras la larga contradicción del día, los secretos de la señorita Bordereau se hallaran suspendidos en el aire, como si el milagro de su supervivencia fuese más vívido. Éstas eran mis intensas impresiones. Las tenía también de otra variedad, teñidas de un matiz levemente recíproco, en las horas que pasaba sentado en el jardín, atisbando por encima de un libro las ventanas cerradas de mi anfitriona. Jamás aparecía en estas ventanas signo de vida alguno; era como si, por miedo a que pudiera yo espiarlas, las damas pasaran sus vidas en la oscuridad. Esta actitud no hacía sino subrayar que tenían cosas que ocultar, y eso era lo que me proponía demostrar. Sus postigos inmóviles se volvieron tan expresivos como ojos deliberadamente cerrados, y me reconfortaba pensar que, aunque invisibles, tal vez me observaban a través de las pestañas.

Procuraba pasar el mayor tiempo posible en el jardín, para justificar aquella imagen de pasión por los jardines que había ofrecido en un primer momento. Y no gasté sólo tiempo, sino (¡caray!, como entonces me decía) también un precioso dinero. En cuanto terminé de acondicionar mis habitaciones y pude dedicar un momento a este asunto, visité el jardín con un experto y acordamos la manera de arreglarlo. A decir verdad lo lamenté, pues personalmente me gustaba más como estaba, con sus hierbajos, su maleza enmarañada, su dulce y característico desaliño veneciano. Pero tenía que ser coherente y cumplir con la promesa de inundar la casa de flores. Me aferré además a la vana fantasía de que éstas me allanarían el camino; obtendría mi victoria con grandes ramos de flores. Derrotaría a aquellas mujeres con lirios, bombardearía con rosas su ciudadela. Su puerta no resistiría la presión de tanta fragancia. Lo cierto es que el jardín se encontraba en un estado de terrible abandono. La parsimonia de los venecianos es descomunal, y por espacio de muchos días mi jardinero se limitó a limpiar rastrojos. Cavó multitud de agujeros y acarreó un sinfín de carretillas de tierra, y pasado algún tiempo mi impaciencia alcanzó tales cotas que estuve a punto de ir en busca de mis «resultados» al puesto de flores más cercano. Sin embargo, tenía la certeza de que mis amigas espiaban entre las rendijas de los postigos y sabrían que aquellos tributos no procedían del jardín, lo que despertaría su recelo en cuanto a la sinceridad de mis intenciones. Dominé mis impulsos y, finalmente, aunque la espera fue larga, detecté la presencia de los primeros brotes. Esto me animó un poco, y aguardé con serenidad que se multiplicaran. Entre tanto fueron transcurriendo los días del verano, y al mirarlos ahora desde la distancia se me antojan casi los más felices de mi vida. Pasaba cada vez más tiempo en el jardín, cuando no hacía demasiado calor. Construí un refugio, con una mesa baja y un sillón; allá llevaba los libros y las carpetas —siempre tenía algo que escribir— y trabajaba y esperaba, cavilaba y alimentaba mis esperanzas, mientras se sucedían las horas doradas y las plantas se embriagaban de luz, y el inescrutable palacio se tornaba progresivamente pálido; y, al declinar el día, comenzaba a recuperarse y se teñía de color, y mis papeles susurraban al paso de la brisa del Adriático.

Cuando pienso en la escasa satisfacción que el jardín me proporcionó al principio, me sorprende no haberme hartado antes del intento de adivinar qué místicos rituales de ennui celebrarían las señoritas Bordereau en sus habitaciones oscuras; si éste habría sido siempre el tenor de su vida y cómo habrían eludido en otro tiempo el trato con sus vecinos. Cabía suponer que alguna vez hubiesen tenido otras costumbres, formas y recursos; que alguna vez hubiesen sido jóvenes o al menos de mediana edad. Eran interminables las preguntas que podían formularse sobre ellas y eran interminables las respuestas que resultaba imposible elaborar. Había tenido la ocasión de conocer a muchos de mis compatriotas en Europa, por lo que no me sorprendían las extrañas rutinas que llegaban a adoptar; pero las señoritas Bordereau constituían una modalidad enteramente nueva del desarraigo americano. Bien se veía que este nombre ya no podía aplicarse a ellas; lo supe en los diez minutos que pasé con la anciana. No era posible adivinar su nacionalidad por su aspecto exterior; cualquiera que fuese su procedencia, se habían desprendido y olvidado por completo de cualquier rasgo o impronta original. No había en ellas nada reconocible o característico y, de no ser por el idioma, podrían haber sido tanto noruegas como españolas. La señorita Bordereau llevaba tres cuartos de siglo en Europa; en algunos de los versos que Aspern le dedicó durante su segunda estancia fuera de Estados Unidos —versos cuya fecha Cumnor y yo logramos establecer después de muchas conjeturas—, se la representa, ya entonces, como una muchacha de veinte años en tierra extranjera, al otro lado del mar. Profesaba el poema —espero que no sólo por mor de la expresión— que ella era la causa por la que Aspern emprendió este viaje. No pudimos precisar cuáles eran en ese momento las circunstancias de Juliana, y lo mismo nos sucedió en lo tocante a su origen, que juzgamos debía de ser lo que se entiende por humilde. Cumnor tenía la teoría de que la señorita Bordereau había trabajado como institutriz con una familia conocida del poeta, y, como consecuencia de esta posición, hubo desde el principio en sus relaciones algo no confesado, cuando no definitivamente clandestino. Yo, por mi parte, preferí urdir una pequeña trama romántica, en la que Juliana era la hija de un artista, de un pintor o un escultor, que había abandonado el mundo occidental cuando el siglo apenas despuntaba, para estudiar en las escuelas más antiguas. Era esencial para mi hipótesis que este buen hombre hubiese perdido a su esposa, que fuese pobre, no conociese el éxito y hubiera tenido una segunda hija de un carácter muy distinto al de Juliana. Era igualmente indispensable que hubiese viajado a Europa en compañía de ambas muchachas y se hubiese instalado allí para el resto de su triste y azarosa vida. Se insinuaba en todo ello que la señorita Bordereau había tenido en su juventud un carácter perverso y temerario, aunque también generoso y fascinante, y que había arrostrado con valentía más de un percance extraordinario. ¿Qué pasiones la devastaron, qué aventuras y sufrimientos la hicieron palidecer, qué arsenal de recuerdos tuvo que dejar a un lado para encarar el monótono futuro?

Me formulaba estas preguntas mientras tejía mis teorías acerca de la anciana en mi refugio del jardín, acompañado por el zumbido de las abejas entre las flores. Era incontestable que, para bien o para mal, la mayoría de los lectores de determinados poemas de Aspern (poemas, en mi opinión, no tan ambiguos como los sonetos apenas más divinos de Shakespeare) daban por descontado que Juliana no siempre había seguido la ardua senda de la renuncia. Emanaba de su persona un perfume de pasión impenitente, la intuición de que no siempre había sido exactamente una joven en conjunto respetable. ¿Sería esto una señal de que el poeta la había traicionado, de que la había delatado, como ahora decimos, para la posteridad? No era fácil, a decir verdad, señalar el pasaje que mancillase la justa fama de Juliana. Además, ¿no encerraba en sí misma toda fama la justicia suficiente para garantizar su pervivencia, y no se asociaba invariablemente con obras de belleza inmortal? Era parte de mi hipótesis que la joven había tenido un amante extranjero —y digamos que una ruptura trágica y poco edificante— antes de conocer a Jeffrey Aspern. Había vivido con su padre y con su hermana entre la estrafalaria y anticuada bohemia de exiliados artísticos, en esos años en los que la estética era exclusivamente académica y los pintores que conocían a los mejores modelos de contadina y pifferaro gastaban pelo largo y sombreros de pico. Era esta sociedad —en su ignorancia de las ocasiones prodigiosas, de las oportunidades del pájaro en mano que hallaban diseminadas en su camino— menos dada que los círculos culturales de hoy a los jirones de paño y los fragmentos de loza antigua; de ahí que la señorita Bordereau no hubiese heredado y acumulado, al parecer, demasiados objetos de valor. No había en la habitación donde me recibió ninguna baratija envidiable, con su irritante connotación de vulgaridad. Esta circunstancia sugería escasez, pero también fortalecía felizmente el interés sentimental que siempre encerraban para mí las tempranas peripecias de mis compatriotas por Europa. Había algo romántico, incluso épico, en los viajes que emprendían los americanos en 1820, en contraste con el continuo ir y venir de los ferrys en los tiempos actuales, tiempos en los que la fotografía y otros artilugios han aniquilado por completo la sorpresa. La señorita Bordereau zarpó con su familia en un azaroso bergantín de la época de los grandes viajes y las diferencias profundas; vivió emociones intensas en diligencias amarillas, pernoctó en posadas en las que soñaba con historias de viajeros y quedó hondamente impresionada, a su llegada a la Ciudad Eterna, por la elegancia de las perlas, los echarpes y los broches romanos. Había en todo esto algo que me resultaba conmovedor, y mi fantasía regresaba con frecuencia a ese tiempo pasado. Y, si la señorita Bordereau llevaba consigo todas estas cosas, el propio Jeffrey Aspern también las había vivido en otros momentos con no menos intensidad. Mucho más importante, para el análisis crítico de su genio, era el hecho de que este hombre hubiese vivido en los días previos a la transfusión general. Llegué a lamentar que conociese Europa; me hubiera gustado ver lo que habría escrito de no haber tenido esta experiencia que, por otro lado, supuso un enriquecimiento incontestable. Y, puesto que su destino se había visto gobernado por otros designios, decidí seguir sus pasos y me esforcé en analizar la influencia que el viejo orden tuvo en él. No sólo me encontraba en los mismos lugares en los que él había estado, sino que lo observaba, y las relaciones que el poeta había tenido con ese mundo nuevo y especial cobraron para mí un interés más vivo. Había pasado a fin de cuentas la mayor parte de su vida en su propio país, y su musa, como se decía en aquel entonces, era esencialmente americana. Fue esto lo que despertó inicialmente mi admiración: que en una época en la que nuestro país natal era pobre, tosco y provinciano, cuando aún no había perdido ese famoso «ambiente» del que hoy supuestamente carece, cuando la literatura era allí un hecho aislado, y el arte y la forma asuntos casi imposibles, él fue de los primeros en encontrar la manera de vivir y de escribir; de ser libre, de mostrar amplitud de miras y de no tener miedo a nada; de sentir, de comprender y de expresarlo todo.

CAPÍTULO V

Rara vez pasaba las noches en casa, pues cuando intentaba trabajar en mis habitaciones la luz de la lámpara atraía un molesto enjambre de insectos, y hacía demasiado calor para cerrar las ventanas. Por eso dejaba transcurrir las últimas horas del día bien en el agua —la luz de la luna es famosa en Venecia—, bien en la fabulosa plaza que hace las veces de patio de la original y vieja iglesia de San Marcos. Me sentaba a tomar helados en la terraza del café Florian, escuchaba la música y charlaba con algún conocido; el viajero recordará seguramente la enorme aglomeración de mesas y de sillas que se extendía sobre la Piazza como un promontorio hasta la laguna en calma. El conjunto, en las noches de verano, bajo las estrellas y con todas sus farolas encendidas, repleto de voces y de livianas pisadas sobre el mármol —los únicos sonidos de la inmensa galería porticada que la circunda—, es un salón al aire libre donde disfrutar de una bebida refrescante o abandonarse a la más exquisita degustación de las impresiones recibidas durante el día. Cuando no prefería entregarme a la circunspección, siempre encontraba algún turista descarriado y liberado de su Bädeker con el que conversar; o a algún pintor ya aclimatado a la ciudad que celebraba el regreso de la temporada de las emociones fuertes. La gran basílica, con sus pináculos y sus cúpulas bajas, sus enigmáticos mosaicos y esculturas, presentaba un aspecto fantasmagórico en la oscuridad atenuada, y la brisa del mar pasaba entre las columnas gemelas de la Piazzetta, las jambas de una puerta hoy desprotegida, como si allí se meciera una suntuosa cortina. En estas ocasiones solía pensar en las señoritas Bordereau y me parecía una lástima que estuviesen encerradas en un espacio que, ni siquiera en el mes de julio y en la inmensidad de Venecia, veía mitigado su ambiente sofocante. Su vida parecía transcurrir a muchos kilómetros de la vida de la Piazza, y sin duda era demasiado tarde para que la austera Juliana cambiase sus costumbres. Pero la pobre señorita Tina, así lo creía yo, a buen seguro habría disfrutado de un helado en Florian; a veces pensaba en llevarle uno a casa. Por fortuna, mi paciencia dio sus frutos, y no me vi obligado a incurrir en semejante ridiculez.

Una noche, hacia mediados de julio, regresé antes de lo acostumbrado —no recuerdo por qué razón—, y en lugar de subir a mis habitaciones me dirigí al jardín. Hacía mucho calor; era una de esas noches que uno pasaría de buen grado al aire libre, y no tenía prisa por acostarme. Había vuelto en mi góndola, escuchando el lento chapoteo del remo en los angostos y oscuros canales, y el único pensamiento que me ocupaba era la grata perspectiva de tenderme cuan largo era sobre un banco del jardín, envuelto en la fragante oscuridad. El olor del canal motivaba sin duda este deseo, y el aire del jardín refrendó mi propósito nada más poner un pie en él. Era delicioso: un aire como el que debió de estremecerse con las promesas de Romeo cuando, apostado entre las flores, lanzaba los brazos al balcón de su amada. Observé las ventanas del palacio con intención de comprobar si, por ventura, se seguía allí el ejemplo de Verona, una ciudad que no estaba muy lejos; mas, como de costumbre, todo estaba a oscuras, y todo en silencio. Es posible que en las noches de verano de su juventud Juliana cuchichease con Jeffrey Aspern desde las ventanas abiertas, pero la señorita Tina no era la amada de un poeta y tampoco yo era un poeta. Esto, sin embargo, no me impidió sentir una honda satisfacción cuando, al acercarme a un extremo del jardín, vi a la más joven de mis anfitrionas sentada en una de las glorietas. Al principio sólo distinguí una figura borrosa, pues de ningún modo esperaba semejante maniobra de acercamiento; incluso se me ocurrió que alguna sirvienta enamorada se había colado para una cita secreta con su amor. Estaba a punto de dar media vuelta, para no asustarla, cuando la figura se puso en pie y reconocí a la sobrina de la señorita Bordereau. Debo decir, para ser justo, que tampoco deseaba asustarla a ella, y por más que anhelase aquel encuentro, habría sido capaz de retirarme. Fue como si, al volver a casa antes de lo habitual, y añadiendo a esta rareza mi invasión del jardín, le hubiese tendido una trampa. Me habló mientras se levantaba, y pensé que quizá, confiada por mis inveteradas ausencias, saliera por las noches a dar un paseo solitario. No hubo trampa alguna de mi parte, puesto que nada sospechaba. Interpreté al principio sus palabras como si mi llegada la hubiese importunado; pero al repetirlas —no la entendí con claridad — tuve la sorpresa de oírle decir:

— ¡Ah, querido, cuánto me alegra que haya venido! —La sobrina y la tía tenían en común la característica de las frases inesperadas. Salió de la glorieta casi como si fuera a arrojarse en mis brazos.

Me apresuro a añadir que escapé a esta ordalía, pues ni siquiera llegó a estrechar mi mano. Se alegraba de verme y en seguida me explicó por qué: se ponía nerviosa cuando estaba fuera de casa de noche. Las plantas y los arbustos presentaban un aspecto insólito en la oscuridad y oía ruidos muy extraños —no acertaba a decirme qué eran—, semejantes a ruidos de animales. Se encontraba cerca de mí y miró alrededor con un aire de mayor seguridad, aunque sin demostrar el menor interés por mí como individuo. Comprendí entonces que aquellas escapadas nocturnas no podían ser una costumbre y recordé también —ya había tenido la misma sensación la primera vez que hablé con ella, antes de instalarme en la casa— que no podía tenerse demasiado en cuenta su simpleza.

—Habla usted como si estuviera perdida en la espesura del bosque —dije, con una risotada jovial—. Sigo sin saber cómo hace para no entrar en este jardín tan precioso cuando lo tiene sólo a dos pasos. Sé que se abstiene de acercarse por aquí cuando yo estoy en casa, pero tenía la esperanza de que se asomara un poco en otros momentos. Su tía y usted son peores que esas carmelitas que viven encerradas en sus celdas. ¿Le importaría explicarme cómo sobreviven sin aire, sin ejercicio, sin ninguna clase de contacto humano? No entiendo siquiera cómo siguen con vida.

Me miró como si hubiese hablado en un idioma desconocido, y su respuesta fue tan escueta que suscitó mi irritación:

—Nos acostamos muy temprano… mucho más temprano de lo que se figura. —Estaba yo a punto de añadir que eso sólo contribuía a ahondar el misterio, cuando me proporcionó un poco de alivio diciendo—: Antes de su llegada, no vivíamos tan recluidas. Pero nunca he salido de noche.

— ¿Nunca ha disfrutado de la fragancia de estos rincones, teniéndolos tan cerca?

— ¡Hasta ahora no eran bonitos! —respondió la señorita Tina. Detecté en este comentario una intención más amable y una comparación halagadora, y creí haber cosechado alguna ventaja. Quise aprovechar la situación exponiendo una queja razonable y le pregunté por qué, si mi jardín le parecía tan bonito, nunca me había dado las gracias por la gran cantidad de flores que le había estado enviando las tres últimas semanas. Su silencio no había logrado disuadirme, pues, como seguramente habría observado, seguí ofreciéndole un ramo diario; me habían educado en el respeto a las normas de cortesía, y habría agradecido una palabra de reconocimiento de cuando en cuando—: ¡No sabía que fuesen para mí!

—Eran para las dos. ¿Por qué iba a hacer diferencias?

Reflexionó unos instantes, como si buscara una razón, pero no logró encontrarla. En lugar de responder, preguntó bruscamente:

— ¿Por qué demonios tiene tanto interés en conocernos?

—Después de todo, tendría que haber señalado la diferencia —dije—. Esa pregunta es de su tía, no es suya. Usted no me preguntaría eso si no se lo hubieran pedido.

—Mi tía no me ha dicho que se lo pregunte —repuso sin vacilación. Aquella mujer era, a decir verdad, la más extraña mezcla de timidez y de franqueza.

—Es posible que ella se lo pregunte a menudo y le haya expresado sus dudas. Habrá insistido tanto que ha llegado a meterle en la cabeza la idea de que mi obstinación es insufrible. Sinceramente, creo que he sido muy discreto. ¡Su tía ha debido de perder por completo toda noción del trato social si percibe algo insólito en el hecho de que personas inteligentes y respetables, que viven como nosotros bajo el mismo techo, intercambien ocasionalmente unas palabras! ¿Qué podría ser más natural? Somos del mismo país y compartimos los mismos gustos, puesto que a mí, como a ustedes, me fascina Venecia.

Mi amiga parecía incapaz de captar más de una cláusula en cualquier enunciado y habló atropelladamente, con avidez, como si respondiese a la totalidad de mi discurso.

—A mí no me gusta nada Venecia. ¡Me gustaría marcharme muy lejos de aquí!

— ¿Y su tía la ha retenido siempre como ahora? —le pregunté, con intención de mostrarle que también yo podía ser tan irrelevante como ella.

—Ha sido ella quien me ha sugerido que saliera esta noche; me lo dice con frecuencia. Soy yo la que no quiere salir. No me gusta dejarla sola.

— ¿Tan débil está, tan deteriorada? —inquirí, con más emoción, creo, de la que deseaba traslucir. Lo supe por cómo me miró en la oscuridad. Me sentí algo incómodo, y con el propósito de desviar su atención, propuse con cordialidad—: Sentémonos un rato… para que pueda hablarme de ella.

No se resistió a mi propuesta. Encontramos un banco menos apartado, menos confidencial, por así decir, que el de la glorieta, y allí seguíamos sentados cuando las claras campanas de Venecia anunciaron la medianoche, con una vibración solemne que se extendió sobre la laguna y reverberó en el aire mucho más tiempo que el repique de otros lugares. Estuvimos más de una hora juntos, y me pareció que la conversación daba un notable impulso a mi empresa. La señorita Tina aceptó la situación sin la menor protesta; había estado tres meses evitándome y, de pronto, casi me trataba como si en ese intervalo nos hubiésemos hecho íntimos amigos. De haberlo querido habría podido deducir de su actitud que su alejamiento deliberado obedecía a un estudio detenido de las circunstancias. No parecía atenta al paso del tiempo; no daba muestras de preocupación por que la retuviese allí, lejos de su tía. Charlamos con entera libertad, formulando preguntas y respondiéndolas, sin que ella se sirviera de ciertas pausas para alegar que debía marcharse. Casi daba la impresión de que esperaba algo, algo que yo pudiese decir, y quisiera darme la oportunidad. Me sorprendió todavía más que no buscara un pretexto para retirarse cuando me contó que su tía se encontraba peor desde hacía bastantes días, y que nunca la había visto así. Se había debilitado mucho; en algunos momentos parecía que las fuerzas la abandonaban por completo. Y, sin embargo, deseaba más que nunca estar sola. Por eso la había invitado a salir al jardín; ni siquiera quería tenerla en la habitación contigua. La pobre señorita Tina lo achacaba «a una preocupación, a un peso, a una causa de agravamiento». Pasaba muchas horas sentada, sin moverse, como sumida en un largo sueño; siempre había hecho lo mismo: musitar y dormitar. Pero, antes, a veces daba algún indicio de vida, de interés, de disfrutar de la compañía de su sobrina, ocupada en su labor. Esta triste mujer me confió que, últimamente, su tía se quedaba tan inmóvil que casi parecía muerta; además, apenas comía ni bebía. No se explicaba cómo seguía con vida. Lo extraordinario era que, pese a todo, la mayor parte de los días se levantaba de la cama; lo más difícil era vestirla y sacarla de su dormitorio. Se aferraba cuanto podía a sus viejas costumbres y, aunque hacía años que apenas recibían visitas, se empeñaba en sentarse en el gran salón.

No supe qué pensar de todo esto, de la repentina familiaridad de mi acompañante y de lo inexplicable que resultaba el hecho de que, cuanto más parecía la anciana acercarse a su fin, menos deseara las atenciones de nadie. La narración era contradictoria, y llegué a preguntarme si no se trataría de una trampa, de un ardid para obligarme a mostrar mis cartas. No habría acertado a decir cuáles podían ser las intenciones de mis compañeras (sólo por cortesía podía llamarlas así), qué podría llevarlas a cometer semejante error con un huésped tan lucrativo. En todo caso, decidí no bajar la guardia, a fin de que la señorita Tina no volviera a tener la ocasión de preguntarme qué «me traía entre manos». En cuanto a ella, pobre mujer, antes de despedirnos se habían disipado para mí todas las dudas sobre sus propósitos. No tramaba absolutamente nada.

Me había revelado mucho más de lo que yo esperaba. No tuve necesidad de insistir, pues bien se veía que mi atención y mi interés bastaban para que ella se mostrase más comunicativa. Dejó de interrogarse acerca de mis posibles intenciones y, al final, cuando me describió la vida tan «radiante» que habían llevado en otro tiempo, parecía casi contenta. Fue ella quien empleó este adjetivo. Me contó que, cuando llegaron a Venecia, hacía muchos años — era muy imprecisa con las fechas y el orden de los acontecimientos—, no pasaba una semana sin que recibieran alguna visita o dieran algún agradable passeggio por la ciudad. Habían visto todos los lugares de interés, incluso habían ido al Lido en una góndola (lo especificó como si yo creyera que se pudiese llegar a pie) y habían tomado allí un refrigerio. Llevaban tres cestas y almorzaron sobre la hierba. Me interesé por las personas a las que habían conocido, y dijo que eran todas estupendas. ¡Con el cavaliere Bombicci y la condesa Altemura tuvieron una gran amistad! También con algunos ingleses: los Churton y los Goldie, y con la señora Stock-Stock, por la que sentían un gran cariño; la pobre ya había fallecido. Lo mismo ocurría con casi todos los miembros de su amable círculo (así lo expresó la señorita Tina); aún conservaban algunas amistades, lo cual era un milagro a la vista de lo poco que las habían cultivado. Mencionó los nombres de dos o tres ancianas venecianas; de un médico, muy inteligente y tan atento que continuó visitándolas como amigo después de jubilarse; del avvocato Pochintesta, que escribía hermosos poemas y le había dedicado uno a su tía. Todas estas personas las visitaban sin falta una vez al año, normalmente el capo d'anno, y su tía siempre las obsequiaba con algún detalle… su tía y ella; pequeñas cosas que ella, la señorita Tina, hacía con sus propias manos: pantallas para lámparas de papel, tapetes para las jarras de vino, o esas prendas de lana que se llevan en las muñecas cuando hace frío. Los últimos años no había habido muchos regalos; a ella no se le ocurría qué hacer y su tía había perdido el interés y ya no le proponía nada. Pero los amigos seguían yendo de todos modos; un buen veneciano, cuando es amigo, lo es para siempre.

Había mucho de conmovedor en la buena fe que destilaba su descripción de las glorias sociales del pasado; el almuerzo campestre en el Lido seguía nítidamente grabado en su memoria a pesar de los años, y la pobre mujer tenía a todas luces la impresión de haber vivido una juventud fantástica. Incluso había llegado a vislumbrar el mundo veneciano en aquellos parsimoniosos paseos entregados a la crónica social, pues por primera vez noté cómo había adquirido, por contacto, esa costumbre del parloteo suave y casi infantil propia de la ciudad. Y concluí que se había imbuido de este dialecto invertebrado, a juzgar por la naturalidad con que afloraban a sus labios los nombres de personas y de cosas típicamente locales. Si la señorita Tina apenas sabía nada de lo que todo esto representaba, menos aún sabía de cualquier otra cosa. Su tía decidió aislarse —tal como indicaba su desinterés por los tapetes y las pantallas de lámparas—, y ella no fue capaz de relacionarse sola; de ahí que el alcance de sus recuerdos impresionara de veras, por remontarse a un mundo tan antiguo. De no haber sido por su tono decoroso, bien podría haberme llevado a pensar que evocaba la peculiar Venecia rococó de Goldoni y Casanova. Me inducía al error de imaginar que también ella había vivido en la época de Jeffrey Aspern, acaso por lo poco que teníamos en común. Razoné, sin embargo, que quizá ni siquiera hubiese oído hablar de él; era muy posible que Juliana se hubiese abstenido de levantar ante los ojos inocentes de su sobrina el velo que ocultaba el templo de su gloria. En tal caso, cabía suponer que la señorita Tina ignoraba la existencia de los papeles, y acogí de buen grado esta suposición —me hacía sentirme más seguro en su compañía— hasta que recordé que Cumnor y yo atribuimos a la sobrina la autoría de la tajante carta que recibió mi amigo. Si alguien se la había dictado, por fuerza tenía que estar al corriente, ya fuese su objeto el de negar cualquier relación con el poeta. Me parecía en todo caso probable que la señorita Tina no hubiera leído uno solo de sus versos. Además, si siempre había eludido a los entrometidos y los inquisidores, al igual que su tía, no habría tenido demasiadas ocasiones de pensar que alguien andaba «detrás de» esas cartas. Nadie las había buscado porque nadie había oído hablar de ellas. La infructuosa tentativa de Cumnor había sido un incidente aislado.

Se levantó al oír las campanadas de la medianoche, pero dio dos o tres vueltas conmigo alrededor del jardín antes de detenerse en la puerta de la casa.

— ¿Cuándo volveré a verla? —le pregunté; a lo cual respondió con prontitud que le gustaría regresar la noche siguiente. Añadió, sin embargo, que no debía… ni mucho menos se permitía hacer todo lo que deseaba—. Podría hacerlo porque lo deseo yo –sugerí, con un suspiro sincero.

— ¡No le creo! —murmuró, mirándome con esa sencilla solemnidad.

— ¿Por qué no me cree?

—Porque no lo comprendo.

—Ésa es justamente la ocasión perfecta para tener fe. —No se me ocurrió qué más decir, aunque me habría gustado añadir algo, pues vi que con estas palabras sólo lograba desconcertarla. No quería cargar en mi conciencia con la culpa de haberle dado a entender que intentaba enamorarla. Y nada menos hubiese parecido, de haber seguido yo en un jardín italiano, una noche de verano, suplicando a una dama que «creyese en mí». Algún mérito habría en mis escrúpulos, puesto que la señorita Tina aplazaba el momento de marcharse. Logré persuadirla de que no debía regresar al jardín en seguida, y con ello la animé a prolongar el presente. Además, vi que insistía en dirigir la conversación hacia el terreno de lo personal, hacia nosotros dos, y su actitud sólo podía entenderse como propia de una mujer completamente ingenua y exenta de malicia.

—Me gustarán más las flores ahora que sé que también son para mí.

— ¿Cómo ha podido dudarlo? Si me dice cuáles le gustan más, le mandaré un ramo doble.

— ¡Me gustan todas! —Y en un tono familiar preguntó—: ¿Piensa estudiar… piensa leer y escribir cuando suba a sus habitaciones?

—De noche no trabajo… en esta temporada. La luz atrae a los insectos.

—Eso ya debía saberlo cuando llegó.

— ¡Y lo sabía!

— ¿Y en invierno sí trabaja de noche?

—Leo mucho, pero no escribo a menudo. —Me escuchó como si estos detalles encerrasen un interés especial, y, de pronto, me asaltó una tentación contraria a toda la prudencia que me había impuesto hasta el momento, al detectar un trémulo resplandor en su rostro afable y poco agraciado. ¡Podía fiarme de ella y lograría ganarme aún más su confianza! Y me atreví a decir —: Generalmente antes de dormir (muchas veces en la cama; sé que es una mala costumbre, pero lo confieso) leo a algún gran poeta. En nueve de cada diez casos es un libro de Jeffrey Aspern.

La observé atentamente mientras pronunciaba este nombre, sin percibir nada extraordinario. ¿Por qué habría de ser así? ¿No era Jeffrey Aspern patrimonio de toda la humanidad?

—Nosotras también lo leíamos… lo hemos leído —respondió tranquilamente.

—Para mí es el mejor de los poetas… lo conozco casi de memoria.

Vaciló unos instantes; y se dejó vencer por su franqueza.

— ¡De memoria! Eso no es nada. —Y, aunque muy levemente, se iluminó —: Mi tía lo conocía, lo conocía —hizo una pausa, y me pregunté qué iría a decir—, lo conocía como visitante.

— ¿Como visitante? —me esforcé en emplear un tono neutro.

—Venía a visitarla y la llevaba a pasear.

Sin dejar de mirarla, dije:

— ¡Mi querida amiga, ese hombre lleva cien años muerto!

—Bueno —dijo, con picardía—, mi tía tiene ciento cincuenta.

— ¡Dios mío! —exclamé—. ¿Cómo no me lo ha dicho antes? Me gustaría que me hablase de él.

—No querrá… no le contará nada.

— ¡Da igual que no quiera! Tiene que contármelo… no puedo perder una oportunidad así.

—Para eso tendría que haber llegado hace veinte años. Entonces todavía hablaba de él.

— ¿Y qué decía? —pregunté con avidez.

—No sé… que ella le gustaba muchísimo.

— ¿Y a ella… también le gustaba él?

—Decía que era un dios. —Me facilitó esta información con la mayor naturalidad, sin ninguna entonación especial; habría empleado el mismo tono para referirse a un asunto trivial. Sin embargo, estas palabras, pronunciadas en una noche de verano, causaron en mí una honda emoción. Sonaron en mis oídos como el suave crepitar de una vieja carta de amor en el momento de abrirse.

— ¡Increíble, increíble! —murmuré. Y añadí al momento—: Dígame, por favor… ¿conserva su tía algún retrato de él? Por desgracia son muy raros.

— ¿Un retrato? No lo sé —respondió la señorita Tina. Vi que su rostro se turbó entonces—. ¡Buenas noches! —dijo; y entró en la casa.

La seguí por el amplio y oscuro pasaje empedrado que se correspondía en la planta baja con la gran sala del piso de arriba. Se abría por un extremo al jardín, por el otro al canal, y en ese momento sólo estaba iluminado por la lamparilla que dejaban encendida para que yo pudiera subir a mis habitaciones. Junto a la lamparilla, en la misma mesa, reposaba una vela apagada que la señorita Tina al parecer había traído consigo.

— ¡Buenas noches, buenas noches! —respondí, sin apartarme de su lado mientras iba en busca de su luz—. Si lo tuviera, seguro que usted lo sabría, ¿no es cierto?

— ¿Si tuviera qué? —inquirió la pobre mujer, mirándome de un modo singular por encima de la llama de su vela.

—Un retrato del dios. ¡Qué no daría yo por verlo!

—No sé lo que tiene. Guarda sus cosas bajo llave. —Y se alejó hacia la escalera con la evidente sensación de haber hablado más de la cuenta.

Dejé que se marchara —no quería asustarla— y me contenté con señalar que la señorita Bordereau no encerraría bajo llave una posesión tan valiosa: cualquiera se sentiría orgulloso de tener un objeto así y lo exhibiría en un lugar destacado del salón. Puesto que no era el caso; era evidente que no tenía ningún retrato. La señorita Tina no respondió a esta observación y, con su vela en la mano, me dio la espalda y subió dos o tres peldaños. Se detuvo entonces, dio media vuelta y me miró en la oscuridad.

— ¿Escribe usted… escribe usted? —había un temblor en su voz… apenas le salía de los labios.

— ¿Si escribo? ¡No hablemos de lo que yo escribo el mismo día que hablamos de Aspern!

— ¿Escribe usted sobre él… indaga en su vida?

— ¡Esa pregunta es de su tía! ¡No puede ser suya! —dije, en un tono que indicaba que había herido mi sensibilidad.

—Razón de más para que me responda. ¿Escribe? Por favor.

Creía estar preparado para soltar cualquier falsedad, pero llegado el momento comprendí que no podía. Además, sentí que se había abierto una puerta, y experimenté algo parecido al alivio en el hecho de ser sincero. Y por último —puede que esto fuese descabellado, incluso fatuo— intuí que en última instancia no perdería la amistad de la señorita Tina. De ahí que, tras un momento de vacilación, respondiera:

—Sí, he escrito sobre él y estoy buscando algún material. ¡Por el amor de Dios, dígame si tiene algo!

—Santo Dio! —exclamó, haciendo caso omiso de mi pregunta; y corrió escaleras arriba hasta perderse de vista. Pensé que podría contar con ella como último recurso, aunque por el momento estaba visiblemente alarmada. Prueba de ello fue que volvió a esconderse de mí, y pasaron quince días sin que pudiera verla. Mi paciencia comenzaba a agotarse, y cuatro o cinco días después de que esto ocurriera le ordené al jardinero que interrumpiese las «ofrendas florales».

CAPÍTULO VI

Finalmente, una tarde, cuando bajaba de mis habitaciones con intención de salir, me encontré con ella en la sala; era la primera vez que coincidíamos en esta habitación desde mi llegada a la casa. No fingió estar allí por casualidad; su desmañado y franco retraimiento desconocía esa clase de ardides. Dijo en seguida que me estaba esperando, para que no quedase ninguna duda, pese a que señaló que la señorita Bordereau deseaba verme; me conduciría hasta su cuarto en ese momento si disponía yo de tiempo. Aunque llegase tarde a una cita amorosa me habría quedado lo que hiciese falta, y me apresuré a señalar que sería un placer atender a mi benefactora.

—Quiere hablar con usted… conocerlo —explicó la señorita Tina, como si apreciase la idea; y me condujo hasta la puerta de las habitaciones de su tía. La obligué a detenerse un instante antes de abrir, mirándola con cierta curiosidad. Le expliqué que aquello era un gran honor y una gran satisfacción para mí, pero al mismo tiempo deseaba saber por qué razón se había producido en la señorita Bordereau un cambio tan notable y repentino. Apenas un día antes no toleraba que me acercase a ella. La señorita Tina no pareció incómoda por mi pregunta; mostraba la actitud serena, casi creíble, de quien cuenta mentirijillas sin importancia, pero lo curioso era que todo lo que decía era sincero—. Bueno, mi tía cambia de opinión —respondió—. Se aburre muchísimo… supongo que está cansada.

—Pero usted me dijo que cada vez quería pasar más tiempo sola.

La pobre mujer se ruborizó, como si mi comentario fuese una impertinencia.

—No sé por qué no cree que quiera verlo; le aseguro que no me lo he inventado. La gente a veces se vuelve caprichosa cuando es mayor.

—Eso es muy cierto. Sólo quería aclarar si usted le ha transmitido lo que le conté la otra noche.

— ¿Lo que me contó?

—De Jeffrey Aspern… que estoy buscando material.

— ¿Cree que querría verlo si se lo hubiese contado?

—Eso es exactamente lo que deseo saber. Tal vez me haya mandado llamar para decirme que no quiere hablar de él.

—No hablará de él —dijo la señorita Tina. Y mientras abría la puerta, añadió en voz más baja—: No le he dicho nada.

La anciana estaba sentada en el mismo lugar donde yo la había visto por última vez, en la misma posición, con la misma desconcertante visera sobre los ojos. Su bienvenida consistió en girar el rostro casi invisible para indicarme que, aunque estuviera sentada y en silencio, me veía perfectamente. No hice ademán de estrecharle la mano; para entonces sabía bien que eso estaba fuera de lugar. Me había insinuado sobradamente que era un personaje demasiado sagrado para incurrir en modernismos triviales, demasiado venerable para ser tocado. Mientras me sometía a su escrutinio, percibí en su aspecto algo macabro —debido en parte a la visera verde— y en ese mismo instante no tuve la menor duda de que sospechaba de mí, aunque de ningún modo imaginé que la señorita Tina no hubiese dicho la verdad. Mi amiga no me había traicionado, pero a la anciana le bastaba con su instinto y sus cavilaciones. Había pensado mucho en mí en sus largas horas de inmovilidad, y lo había adivinado. Lo peor de todo era su terrible parecido con una vieja que, al verse en un apuro, como Sardanápalo, podía quemar su tesoro. La señorita Tina acercó una silla y dijo:

—Puede sentarse aquí.

Mientras tomaba asiento me interesé por la salud de la señorita Bordereau y expresé mi deseo de que se encontrara bien a pesar del calor. Respondió que su salud era razonablemente buena… razonablemente buena; que era maravilloso estar viva.

— ¡Bueno, eso depende de con qué se compare! —respondí, con una risotada.

—Yo no comparo… yo no comparo. Si comparase, habría renunciado a todo hace mucho tiempo.

Quise tomar su respuesta por una sutil alusión al éxtasis que había vivido en compañía de Jeffrey Aspern, aunque, bien mirado, semejante alusión no casaba con el deseo, que yo le atribuía, de tenerlo enterrado en su alma. Con lo que sí casaba era con mi inquebrantable convicción de que ningún ser humano había tenido nunca un don de gentes comparable al del poeta, y lo que parecía insinuar la señorita Bordereau es que no había nada en el mundo de lo que mereciese la pena hablar cuando lo que uno pretendía era hablar de eso. Pero ¡uno no lo pretendía! La señorita Tina se sentó al lado de su tía con el aire de tener razones para creer que iba a producirse entre nosotros una conversación prodigiosa.

—Lo he llamado por esas flores tan preciosas que nos ha enviado —dijo la anciana—. Tendría que haberle dado las gracias mucho antes, pero no escribo cartas y sólo recibo compañía muy de tarde en tarde.

No me había transmitido su agradecimiento por las flores mientras siguió recibiéndolas, pero se apartaba de sus costumbres, hasta el extremo de hacerme llamar, en cuanto temió que las flores se hubiesen terminado. Tomé nota de esto; recordé esa tendencia a la codicia que había manifestado cuando se presentó la ocasión de sacarme el dinero, y me alegré en mi fuero interno de haber tenido la feliz idea de suspender el tributo. La anciana lo había echado en falta y estaba dispuesta a hacer concesiones para recuperarlo. No pude pasar por alto este primer indicio de rendición.

—Temo que no les he enviado muchas últimamente, pero volverán en seguida… mañana, esta noche.

— ¡Sí, mándenos algunas esta noche! —exclamó la señorita Tina, como si fuera un asunto de la mayor importancia.

— ¿Para qué las quiere si no? No es del gusto masculino llenar la habitación de flores —señaló la anciana.

—No tengo mi habitación llena de flores, pero me gusta mucho cultivarlas y observar su comportamiento. No creo que eso sea poco masculino; las flores han sido una distracción para filósofos, para estadistas retirados; creo que incluso para grandes capitanes.

—Supongo que sabe que puede vender las que no utilice —continuó la señorita Bordereau—. Aunque no creo que le dieran mucho por ellas; de todos modos, podría hacer negocio.

—Yo no he hecho un negocio en toda mi vida, como a buen seguro habrá usted adivinado. Mi jardinero dispone de ellas, y yo no hago preguntas.

— ¡Pues le aseguro que yo sí las haría! —replicó la anciana. Y fue entonces cuando oí por primera vez el extraño sonido de su risa, que era como si el leve fantasma «andante» de su tono habitual diese de pronto un brinco de alegría. No lograba acostumbrarme a la idea de que esta visión del beneficio pecuniario era lo que más animaba a la divina Juliana.

—Vaya usted misma al jardín a recogerlas; vaya cuando guste; vayan todos los días. Todas esas flores son para ustedes —proseguí, dirigiéndome a la señorita Tina y dando a esta sincera declaración el tono de una broma inocente —. No me explico por qué su sobrina nunca baja —añadí, para la señorita Bordereau.

—Tiene que hacerla usted bajar; tiene que venir a buscarla —dijo la tía, para mi perplejidad—. Esa cosa tan rara que ha construido en un rincón le vendrá muy bien para sentarse.

Esta alusión al más elaborado de mis refugios, un esquemático cenador, me pareció irreverente; vino a confirmar la impresión que ya había tenido antes al hablar con la anciana: que había en su tono una nota de impertinencia, un vago eco de la osadía o de la altivez de su azarosa juventud, que en cierto modo había sobrevivido automáticamente a las pasiones y a las facultades. No obstante, pregunté:

— ¿No podría bajar usted también? ¿No cree que le sentaría bien sentarse allí a la sombra, en ese aire tan dulce?

—Ah, señor, cuando salga de aquí no será para tomar el aire, y me temo que nada que se mueva a mi alrededor me resulte precisamente dulce. Será de un tono muy oscuro. En todo caso, aún no ha llegado ese momento —continuó la astuta señorita Bordereau, como si deseara corregir cualquier esperanza que esta libre mirada al último receptáculo de su mortalidad pudiese hacerme albergar.

La señorita Tina esperaba, tal como había presentido yo, una conversación insólita, aunque es posible que ésta le pareciese menos cortés de lo que imaginaba por parte de su tía, puesto que me habían convocado con intención de ser amables. Quiso dar a la situación un giro que situase a la anciana bajo una luz más favorable, diciendo:

— ¿No le dije la otra noche que fue ella quien me propuso salir? ¡Como ve puedo hacer lo que quiera!

— ¿Se compadece usted de ella…? ¿La incita usted a la autocompasión? —inquirió la señorita Bordereau, sin darme tiempo de responder a la sobrina —. Tiene una vida mucho más fácil de lo que la tenía yo a su edad.

—No olvide que tengo fundadas razones para pensar que son ustedes bastante inhumanas —dije.

— ¿Inhumanas? Así llamaban los poetas a las mujeres hace cien años. No lo intente. ¡No podrá hacerlo tan bien como ellos! —respondió Juliana—. Ya no queda poesía en el mundo… eso al menos lo sé bien. Pero no quiero discutir con usted —dijo; y recuerdo perfectamente el tono anticuado y artificial con que pronunció estas palabras—. Me obliga usted a hablar y hablar y hablar. Eso no me hace bien. —Me levanté entonces, y le dije que no le robaría más tiempo, pero me detuvo con una pregunta—: ¿Recuerda que cuando vino a interesarse por las habitaciones nos ofreció su góndola? —Y cuando me apresuré a asentir, nuevamente sorprendido por su disposición a «sacar partido» de mi estancia en su casa, y preguntándome qué se propondría esta vez, dijo—: ¿Por qué no lleva a esta muchacha a dar un paseo y le enseña la ciudad?

—Mi querida tía —exclamó la «muchacha» con voz temblorosa y lastimera—, ¿qué quieres hacer conmigo? ¡Ya conozco la ciudad!

— ¡En ese caso, enséñasela tú! —replicó la señorita Bordereau, dando a su implacable facultad para la réplica un efecto extremadamente cruel. Se descubrió en ese momento como una vieja cínica, blasfema y sarcástica—. ¿No nos han dicho que ha habido muchos cambios en todos estos años? Tendrías que verlos, a tu edad, y no lo digo porque seas tan joven. Tendrías que aprovechar las ocasiones que se presenten. Ya tienes muchos años, querida, y este caballero no te hará nada. Te enseñará las famosas puestas de sol, si es que todavía se ven… ¿Se ven? Hace mucho tiempo que el sol se puso para mí. Pero ésa no es razón. Además, no te echaré de menos. No te creas tan importante —y dirigiéndose a mí, continuó—: Llévela a la Piazza; era muy bonita. ¿Qué han hecho con esa iglesia tan peculiar? Espero que no la hayan derribado. Deje que mire las tiendas. Puede llevar algún dinero y comprar lo que le apetezca.

La pobre señorita Tina se había levantado, atónita y desvalida, y si alguien nos hubiese visto allí, delante de su tía, a buen seguro le habría impresionado cómo se divertía la venerable anciana a nuestra costa. La sobrina protestó, con una confusión de exclamaciones y murmullos, mientras yo no perdía un instante para señalar que, si me hacía el honor de aceptar la hospitalidad de mi góndola, me cuidaría de que no se aburriese. Y, en el caso de que no deseara mi compañía, tenía mi barca y a mi gondolero a su disposición; era un magnífico remero y podía sentirse a salvo con él. Sin responder a mi discurso, la señorita Tina apartó la vista y miró por la ventana, como si estuviese a punto de llorar, y añadí entonces que, puesto que contábamos con la aprobación de la señorita Bordereau, podríamos llegar fácilmente a un acuerdo. Propuse fijar una hora, la que ella prefiriese, cualquiera de los próximos días. Y, tras despedirme de la anciana con una reverencia, le pregunté si tendría la bondad de permitirme volver a verla.

Guardó silencio un momento, y dijo:

— ¿Es muy necesario para su felicidad?

—Me complace más de lo que puedo expresar.

—Es usted de una cortesía exquisita. ¿No se da cuenta de que eso me mata?

— ¿Cómo voy a creerlo, si la veo mucho más animada, mucho más radiante que cuando entré?

—Eso es verdad, tía —terció la señorita Tina—. Creo que te hace bien.

— ¿No es conmovedora la solicitud que demostramos todos para que los demás disfruten? —dijo con sorna la señorita Bordereau—. Si le parezco a usted radiante es que no sabe lo que dice; es que nunca ha visto a una mujer agradable. ¿Qué sabréis vosotros de la buena sociedad? —exclamó. Pero antes de que pudiese decirle: «No malgaste conmigo sus cumplidos; fui un niño malcriado», ella añadió—: Mi puerta está cerrada, pero puede llamar alguna vez.

Con esto me despidió y abandoné la habitación. El cerrojo sonó a mis espaldas y la señorita Tina, en contra de lo que esperaba, se quedó dentro. Crucé despacio la sala y esperé un rato antes de bajar las escaleras. Mis esperanzas se vieron colmadas; la sobrina me siguió al cabo de un minuto.

— ¿No es deliciosa la idea de ir a la Piazza? —pregunté—. ¿Cuándo irá… esta noche, mañana?

Estaba desconcertada, como he mencionado; aunque ya había observado anteriormente, y volví a comprobar en ese momento, que la señorita Tina — como suelen hacer la mayoría de las mujeres— no huía cuando se sentía incómoda; no perdía pie ni intentaba protegerse, sino que se acercaba de una manera despreciable y empalagosa, para ser compadecida, para ser protegida. Su actitud era una súplica permanente de ayuda y explicación, y al mismo tiempo, no había en el mundo una mujer menos cómica. En cuanto uno se mostraba amable con ella, establecía una dependencia absoluta; su timidez se esfumaba y presuponía la mayor intimidad, esa intimidad inocente que era la única concebible para ella. Manifestó entonces que no entendía qué le pasaba a su tía, por qué había cambiado de repente, qué se le habría ocurrido. Me limité a decir que aprovechase la idea y me permitiese invitarla: iríamos a tomar un helado al café Florian y podría explayarse mientras escuchábamos a la orquesta.

— ¡Ah, me llevaría mucho tiempo «explayarme»! —dijo, muy compungida; y no me prometió esa satisfacción ni para esa noche ni para la siguiente. A esas alturas yo no sentía ninguna impaciencia; sabía que sólo tenía que esperar. Y al final de esa semana, una preciosa noche, después de cenar, la señorita Tina subió a mi góndola, para la cual yo había dispuesto un segundo remo, en honor a la ocasión.

En cuestión de cinco minutos nos adentramos en el Gran Canal; mi compañera lo saludó con un murmullo de éxtasis, como si fuese una turista recién llegada. Había olvidado el esplendor de esta vía de agua en una noche clara de verano, y cómo la sensación de flotar entre los palacios de mármol y el reflejo de las luces infundía en el ánimo libertad y calma. Seguimos deslizándonos, y aunque mi amiga no expresaba su alegría en voz alta, yo tenía la certeza de que su rendición era completa. Estaba más que complacida; se sentía transportada. El paseo le producía una inmensa liberación. La góndola avanzaba despacio, con el fin de darle tiempo a disfrutar del panorama, y la señorita Tina parecía atenta al chapoteo de los remos, que se tornaba más intenso y musical en los canales más estrechos, como si aquel sonido fuese una revelación de Venecia. Le pregunté cuándo había paseado en góndola por última vez, y dijo:

—No lo sé, hace mucho tiempo... antes de que mi tía empezase a enfermar. —No fue ésta la única manifestación de la extremada vaguedad de esta mujer en cuanto a los años previos y la línea que marcaba el final de la época de la fama de la señorita Bordereau. No podía retenerla mucho tiempo fuera de casa, pero dimos un giro considerable antes de llegar a la Piazza. No le hice preguntas; me abstuve deliberadamente de indagar en su vida cotidiana y en los asuntos que me interesaban. En lugar de eso, vertí literalmente en sus oídos un valioso torrente de información acerca de los objetos que nos rodeaban, le describí también cómo eran Florencia y Roma, y diserté sobre los encantos y las ventajas del viaje. Se reclinó, en actitud receptiva, en los mullidos almohadones de cuero, volviendo la vista atentamente a cada cosa que yo señalaba y sin mencionar en ningún momento, hasta algún tiempo después, que acaso conociera Florencia mejor que yo, puesto que había vivido tres años allí con su tía. Y entonces, con la tímida impaciencia de un niño, preguntó:

— ¿No íbamos a la Piazza? ¡Eso es lo que más ganas tengo de ver!

De inmediato di la orden a los remeros de dirigirnos allí sin más rodeos, y guardamos silencio, expectantes ante la llegada. Como aún transcurrieron algunos minutos, la señorita Tina comentó inesperadamente:

—He descubierto lo que le pasa a mi tía. ¡Teme que usted se vaya!

Me quedé muy sorprendido y pregunté:

— ¿Qué le hace pensar eso?

—Se le ha metido en la cabeza la idea de que no se encuentra usted a gusto. Por eso ha cambiado de actitud.

— ¿Quiere decir que desea que me sienta más a gusto?

—Bueno, no quiere que se marche. Quiere que se quede.

—Supongo que será por la renta —señalé abiertamente.

—Sí, ya lo sabe; para dejarme en mejor situación —respondió con la misma franqueza.

— ¿Cuánto más quiere dejarle? —pregunté, con toda la alegría que sentía en ese momento—. Debería establecer una cantidad para que yo prolongue mi estancia hasta el día en que se alcance esa suma de dinero.

—Eso no me gustaría —respondió—. Sería imperdonable que se tomara usted esa molestia.

—Pero supongamos que tengo mis razones para quedarme en Venecia.

—En ese caso, sería mejor para usted buscar otro alojamiento.

— ¿Y qué diría a eso su tía?

—No le gustaría. Pero creo que usted haría bien en exponer sus razones y marcharse a otra parte.

— ¡Querida señorita Tina, no es tan fácil exponer mis razones!

No contestó de inmediato, pero al cabo de un momento dijo:

— ¡Creo que sé cuáles son sus razones!

—Lo imagino, porque la otra noche casi le confesé cuánto necesitaba de su ayuda para conseguirlas.

—No puedo hacer eso sin ser falsa con mi tía.

— ¿Por qué ser falsa?

—Ella nunca accederá a sus peticiones. Le han preguntado, le han escrito. Se enfada muchísimo.

—Entonces ¿tiene documentos de valor? —pregunté, sin poder contenerme.

— ¡Lo tiene todo! —suspiró la señorita Tina con inesperado hartazgo, sumiéndose repentinamente en la melancolía.

Estas palabras me estremecieron, al revelarme la valiosa verdad. Las sentí de un modo tan profundo que no acerté a decir nada, y entre tanto la góndola se aproximó a la Piazzetta. Cuando hubimos desembarcado le pregunté a mi acompañante si prefería dar un paseo por la plaza o sentarse en el gran café, a lo que respondió que lo que yo quisiera… siempre y cuando tuviera en cuenta que disponía de muy poco tiempo. Le aseguré que podíamos hacer las dos cosas, y paseamos por la galería. Se animó al ver los escaparates iluminados, y se rezagaba o se detenía delante de ellos para admirar o censurar su contenido, preguntándome qué pensaba de algunas cosas o teorizando acerca de los precios. Mi atención era fluctuante; esas palabras pronunciadas hacía algunos minutos —«¡Lo tiene todo!»— seguían resonando en mi cabeza. Nos sentamos por fin en el abarrotado café Florian, tras encontrar una mesa libre en la terraza. Hacía una noche espléndida y todo el mundo había salido. La señorita Tina no podía haber imaginado un momento mejor para su regreso a la sociedad. Noté que lo sentía mucho más de lo que lo expresaba y estaba casi desbordada por las sensaciones. Había olvidado el atractivo del mundo y comprendía que había pasado los mejores años de su vida cruelmente privada de todo. Esto no parecía enojarla, pero mientras contemplaba la deliciosa escena, había en su rostro, aunque mostraba una sonrisa complacida, un rubor de sorpresa herida. No decía nada, sumergida en la sensación de tantas oportunidades, perdidas para siempre, que estaban ahí al alcance de la mano. Y su silencio me dio ocasión para preguntar:

— ¿Lo que quiso decir hace un rato es que su tía se propone retenerme y permitirme que la visite sólo ocasionalmente?

—Cree que es muy importante para usted verla de vez en cuando. Desea tanto que se quede que está dispuesta a hacer esa concesión.

— ¿Y qué le hace pensar que a mí me hará algún bien verla?

—No lo sé; tiene que ser interesante para usted —se limitó a responder—. Usted se lo dijo.

—Es verdad que lo dije; pero no todo el mundo piensa lo mismo.

—Desde luego que no; de ser así recibiría más visitas.

—Bueno, si es capaz de hacer esa reflexión, también será capaz de hacer esta otra: «Que debo de tener una razón particular para no obrar como los demás, pese al interés que ella sucita… para no dejarla sola». —La señorita Tina pareció no comprender este complicado enunciado, por lo que seguí diciendo—: ¿Y no cree que, aunque usted no le haya contado lo que yo le dije la otra noche, ella podría haberlo adivinado?

—No lo sé… es muy desconfiada.

— ¿Y no se ha vuelto así por tanta curiosidad indiscreta, por tanta persecución?

—No, no; no es por eso —dijo mi amiga, mirándome con expresión preocupada—. No sé cómo expresarlo; es por algo que le ocurrió… hace mucho tiempo, antes de que yo naciera.

— ¿Algo? ¿Qué fue? —pregunté, como si no tuviese la menor idea.

—Nunca me lo ha contado —dijo. Y estoy seguro de que decía la verdad.

Su transparencia era casi irritante, y en ese momento sentí que sería más estimable si fuese menos ingenua.

— ¿Cree que tiene alguna relación con los papeles y las cartas de Jeffrey Aspern… quiero decir, con las cosas que guarda de él?

— ¡Seguro que sí! —exclamó, como si se tratara de una deducción ciertamente afortunada—. Nunca he visto esas cosas.

— ¿Ninguna? ¿Cómo sabe entonces que es por eso?

—No lo sé —respondió plácidamente—. Nunca las he tenido en mis manos. Pero las he visto alguna vez, cuando mi tía las ha sacado.

— ¿Las saca con frecuencia?

—Ahora ya no, pero antes sí lo hacía. Les tiene mucho cariño.

— ¿Aunque sean comprometedoras?

— ¿Comprometedoras? —repitió la señorita Tina, como si no entendiera el significado de esta palabra. Me sentí como quien corrompe la inocencia juvenil.

—Supongo que le traerán recuerdos dolorosos —dije.

—Yo no creo que sean dolorosos.

— ¿Quiere decir que no hay nada que pueda poner en entredicho la reputación de su tía?

Una expresión aún más extraña de lo acostumbrado asomó al rostro de la sobrina de la señorita Bordereau; parecía una confesión de impotencia, una petición para que la tratase con justicia y generosidad. La había llevado a la Piazza, le permitía disfrutar de un entorno maravilloso, le prestaba una atención que ella agradecía, y de pronto demostraba que todo era un chantaje para volverla en contra de su tía. Tenía un carácter sumiso y era capaz de cualquier cosa con tal de complacer a quien se mostrase singularmente amable con ella, aunque lo más amable sería no abusar demasiado de esta tendencia suya. Ya era bastante raro, así lo pensé después, que en ningún momento hubiese dado muestras de que lamentaba mi desconsideración hacia su tía, lo que habría resultado de pésimo gusto de no haber sido porque lo que estaba en juego era, en mi opinión, vital. No creo que ella se diera cuenta.

— ¿Insinúa que mi tía hizo algo malo alguna vez? —preguntó de repente.

—Dios me libre de decir una cosa así, y tampoco es asunto mío. Además, si lo hubiese hecho —añadí con condescendencia—, fue en otra época, en otro mundo. Pero ¿por qué no destruye esos papeles?

—Los aprecia demasiado.

— ¿Incluso ahora, cuando es posible que esté cerca del fin?

—Puede que los destruya cuando tenga esa certeza.

—Verá, señorita Tina, eso es lo que me gustaría que usted evitase.

— ¿Cómo voy a evitarlo?

— ¿No podría quitárselos?

— ¿Y dárselos a usted?

Fue ésta una manera frívola de exponer la situación, cargada de profunda ironía, aunque estaba seguro de que no era eso lo que ella pretendía.

—Lo que he querido decir es que podría enseñármelos, para hojearlos un poco. No lo hago por mí, ni tampoco para entregárselos a otra persona. Lo hago sencillamente por el enorme interés que tendrían para el público, por el incalculable valor que entrañan como aportación a la historia de Jeffrey Aspern.

Me escuchó como acostumbraba, como si abundase yo en cuestiones de las que jamás hubiese oído hablar, y me sentí casi tan ruin como el periodista que se cuela en una casa donde se guarda luto. Así se reveló cuando dijo:

—Hace algún tiempo, un caballero le escribió con palabras muy similares. Él también quería los papeles.

— ¿Y ella le respondió? —inquirí, bastante avergonzado por no tener la rectitud de mi amiga.

—Sólo después de recibir dos o tres cartas. Se enfadó mucho.

— ¿Y qué dijo?

—Dijo que era un demonio —respondió con rotundidad.

— ¿Lo llamó así en su carta?

—No, no; me lo dijo a mí. Me pidió que le escribiera.

— ¿Y qué le dijo usted?

—Que esos papeles no existían.

— ¡Pobre hombre! —me lamenté.

—Yo sabía que sí existían, pero dije lo que ella me ordenó.

—Naturalmente, tenía que hacerlo. Espero no parecerle también un diablo.

—Eso depende de lo que me pida usted que haga —respondió, sonriendo.

— ¡Mal encaminado estoy si hay siquiera una posibilidad de que usted piense eso de mí! Jamás le pediría que robase por mí, ni siquiera que mintiese, porque usted es incapaz de mentir, salvo por escrito. Pero lo principal es lo siguiente: impedir que su tía destruya esos papeles.

—Yo no tengo ningún control sobre ella —señaló la señorita Tina—. Es ella quien me controla a mí.

—Pero no puede controlar sus brazos y sus piernas, ¿verdad que no? La manera natural de destruir esas cartas sería quemarlas. Para quemarlas necesita fuego y sólo usted puede proporcionárselo.

—Siempre he hecho todo lo que me ha pedido —protestó mi pobre amiga —. Además, está Olimpia.

Estuve tentado de decir que Olimpia tal vez se dejase sobornar, pero me pareció preferible no emplear este término. Sugerí sencillamente que aquella frágil jovencita tal vez fuese manejable.

—Mi tía es capaz de manejar a cualquiera —asintió la señorita Tina. Y entonces recordó que su tiempo de asueto había concluido; tenía que volver a casa.

Le puse una mano en el brazo, por encima de la mesa, para que esperase un momento.

—Lo que quiero de usted es una amplia promesa de que me ayudará.

— ¿Cómo voy a hacer eso, cómo voy a hacer eso? —exclamó, desconcertada y afligida. Parecía entre sorprendida y asustada por el hecho de que yo le atribuyese tanta importancia, por mi llamada a la acción.

—Esto es lo principal: vigilar atentamente a nuestra amiga y advertirme con tiempo, antes de que cometa ese sacrilegio.

—No puedo vigilarla cuando me pide que salga.

—Eso es cierto.

—O cuando me lo pida usted.

— ¡Dios mío! ¿Cree que habrá hecho algo esta noche?

—No lo sé. Es muy astuta.

— ¿Intenta asustarme? —pregunté.

Di por respondida mi pregunta cuando, en tono caviloso, casi con envidia, murmuró:

—Pero ¡ella los aprecia mucho… los aprecia mucho!

Esta reflexión, repetida con tanto énfasis, me reconfortó notablemente aunque, con idea de conseguir un poco más de aquel bálsamo, insistí:

—Si no intenta destruir estos documentos de los que hablamos antes de morir, es porque quizá haya dispuesto algo en su testamento.

— ¿En su testamento?

— ¿No ha hecho testamento en favor de usted?

—Apenas tiene nada que dejar. Por eso le gusta tanto el dinero —dijo la señorita Tina.

— ¿Puedo preguntarle, ya que estamos hablando abiertamente, de qué viven ustedes?

—De un dinero que envía un caballero desde Estados Unidos… creo que es un abogado… de Nueva York. Nos llega cada tres meses. ¡No es mucho!

—¿Y no habrá dispuesto su tía de ese dinero?

Vaciló unos momentos… vi que se sonrojaba.

—Creo que es mío —dijo; y tanto el tono como la expresión que acompañaron estas palabras denotaban tan poca costumbre de pensar en sí misma que me pareció casi encantadora. Al momento añadió—: Aunque una vez habló con un avvocato, hace mucho tiempo. Vinieron varias personas y firmaron algo.

—Probablemente eran testigos. ¿Y a usted no le pidieron que firmase? Eso es porque —argüí de inmediato, muy esperanzado— usted es su heredera. ¡Debe de haberle legado todos los documentos!

—Si lo ha hecho, será con condiciones muy estrictas —respondió, levantándose precipitadamente; y este movimiento dio a sus palabras el carácter de una decisión. Parecía insinuar que la herencia incluiría una cláusula destinada a proteger los documentos de las miradas curiosas, y que me equivocaba yo por completo si la creía capaz de violar una disposición tan tajante.

—Naturalmente que tendrá que cumplir lo estipulado —dije; pero ella no añadió nada para mitigar el rigor de esta conclusión. Sin embargo, poco después, justo antes de que desembarcásemos en la puerta del palacio, tras el viaje de vuelta casi en silencio, dijo con brusquedad:

—Haré lo que pueda por ayudarle.

Le agradecí la intención; todo marchaba muy bien por el momento, pero esa noche, en que la preocupación me tuvo una hora en vela, no pude dejar de pensar que la promesa de la señorita Tina no hacía sino reforzar mi impresión de que la anciana se las sabía todas.

CAPÍTULO VII

El temor a lo que este aspecto de su personalidad pudiese impulsarla a hacer me tuvo inquieto durante días. Esperaba alguna indicación de la señorita Tina; llegué casi a convencerme de que tenía el deber de informarme, de hacerme saber definitivamente si la señorita Bordereau había sacrificado sus tesoros. Y, al no recibir ninguna noticia, perdí la paciencia y resolví fiar el asunto a mis instintos. Una tarde, a última hora, envié a mi criado a averiguar si se me permitía hacer una visita a las damas, y el emisario regresó con noticias sorprendentes. No había ningún inconveniente en que me acercase a la señorita Bordereau; se encontraba en la sala, junto a la ventana que miraba al jardín. Allá fui y constaté que la información era correcta; la anciana se había trasladado al mundo, y algo en su apariencia, probablemente el hecho de llevar una ropa más clara, indicaba que estaba dispuesta a relacionarse con él. Pero el mundo aún no había empezado a arremolinarse en torno a ella; estaba sola, y aunque la puerta que conducía a sus habitaciones no estaba cerrada, al principio no vi ni rastro de la señorita Tina. La ventana recibía la sombra de la tarde, y se había abierto uno de los postigos, para que pudiese disfrutar del agradable jardín, donde el sol del verano había agostado para entonces muchas de las plantas. La señorita Bordereau contemplaba la luz amarilla y las sombras alargadas.

— ¿Ha venido a decirme que se quedará seis meses más? —preguntó, mientras me aproximaba; y su codicia me sorprendió tanto como si nunca me hubiese dado una muestra de ella. El deseo de Juliana de convertir nuestra relación en un negocio lucrativo distorsionaba, como ya he señalado en repetidas ocasiones, mi imagen de la mujer que inspiró versos inmortales al gran poeta; sin embargo, creo que es el momento de señalar que, pese a todo, llegué a la conclusión de que merecía toda mi indulgencia. Fui yo quien avivó esa llama impura, yo quien le metió en la cabeza la idea de que podía ganar dinero. Al parecer nunca se le había ocurrido; llevaba años y años viviendo en una casa cinco veces más grande de lo que necesitaba, en una situación que yo sólo alcanzaba a explicarme por la suposición de que, por excesivo que fuese, el espacio del que disfrutaba apenas le costaba nada, y, por modestos que fueran sus ingresos, le ofrecían el margen suficiente para vivir en Venecia. Hasta que un día aparecí yo y le enseñé a calcular, y la grotesca comedia que interpreté tomando como pretexto el jardín me presentó como una víctima irresistible. Como todas las personas que realizan el milagro de cambiar de opinión en los últimos momentos de su vida, la señorita Bordereau había sufrido una transformación profunda; cazó mi insinuación al vuelo y se aferró desesperadamente a ella.

Me acerqué, sin que nadie me invitase, a coger una de las sillas colocadas contra la pared; no parecía preocupar a mi anfitriona que pudiera sentarme o quedarme en pie. Y, mientras colocaba la silla cerca de ella, le dije alegremente:

— ¡Qué imaginación tiene usted, mi querida señora! ¡Qué amplitud intelectual! Yo soy tan sólo un pobre hombre de letras que vive al día. ¿Cree que puedo alojarme en palacios un año entero? Mi existencia es precaria. No sé si de aquí a seis meses tendré un pedazo de pan que llevarme a la boca. Decidí permitirme un capricho por una vez; ha sido un lujo inmenso. Pero llegado el momento de prolongarlo…

— ¿Le resultan demasiado caras sus habitaciones? Si es así, podría darle más por el mismo dinero —respondió Juliana—. Podemos arreglarlo, podemos combinare, como dicen aquí.

—La verdad es que sí, ya que me lo pregunta. Son muy caras, demasiado caras. Es evidente que me ha tomado usted por un hombre más rico de lo que soy.

Me miró como si se asomara a la boca de su cueva.

— ¿Es que no vende los libros que escribe?

— ¿Quiere decir si la gente no los compra? Un poco, muy poco… no tanto como yo quisiera. Escribir libros, a menos que uno sea un gran genio (¡incluso en ese caso!), es el peor camino para hacer fortuna. Creo que la buena literatura ya no da dinero.

—Tal vez no sepa escoger los temas. ¿Sobre qué escribe? —continuó, implacable, la señorita Bordereau.

—Escribo sobre los libros de otros. Soy un crítico, un comentarista, un modesto historiador. —Me pregunté a dónde se proponía llegar.

— ¿De quiénes?

—De gente mejor que yo; de los grandes escritores… de los grandes filósofos y poetas del pasado, de los que han muerto y ya no pueden, pobres hombres, hablar por sí mismos.

— ¿Y qué dice de ellos?

— ¡Digo que a veces se unen a mujeres muy inteligentes! —respondí, con intención de ser simpático. Creía haber calibrado los riesgos, pero al resonar mis palabras en el aire me chocaron por imprudentes. El caso es que ya las había lanzado y tampoco lo lamenté, pues quizá la anciana estuviese dispuesta a negociar después de todo. Parecía casi evidente que conocía mi secreto: entonces, ¿por qué alargaba el proceso interminablemente? No interpretó mi comentario como una confesión. Se limitó a preguntar:

— ¿Le parece bien hurgar en el pasado?

—Creo que no entiendo a qué se refiere con eso de hurgar. ¿No le parece que para conocerlo es necesario cavar un poco? El presente lo pisotea todo de la manera más burda.

—A mí me gusta el pasado, pero no me gustan los críticos —declaró, con esquinada complacencia.

—A mí tampoco, pero me gustan sus descubrimientos.

— ¿No cree que en su mayoría son mentiras?

—A veces descubren mentiras —dije, sonriendo ante su impertinencia—. En general presentan la verdad tal cual es.

—La verdad es de Dios, no del hombre. Es mejor que la dejemos en paz. ¿Quién puede juzgar la verdad? ¿Quién lo sabe?

—Sé que vivimos en una terrible oscuridad —concedí—, pero ¿qué sería de todas las cosas hermosas, si dejamos de buscar? ¿Qué sería de la obra de los grandes filósofos y los grandes poetas? Todo se convierte en vanas palabras si no hay nada con que medirlas.

—Habla usted como un sastre —señaló caprichosamente. Y en un tono muy distinto, añadió acto seguido—: Esta casa es muy hermosa. Tiene unas proporciones magníficas. Hoy tenía ganas de admirar esta sala una vez más. He pedido que me trajesen aquí. Cuando vino su criado a preguntar si podía recibirlo, estaba a punto de hacerle venir para preguntarle si no tiene intención de quedarse. Deseaba evaluar lo que le estoy ofreciendo. Esta sala es espléndida —continuó, como si fuera un subastador, y me pareció que movía ligeramente los ojos invisibles—. No creo que nunca haya vivido en una casa así, ¿verdad?

—No puedo permitírmelo muy a menudo —respondí.

—Dígame, ¿cuánto me daría por seis meses más?

Estuve a punto de exclamar —y mi expresión de horror habría denotado un escrúpulo moral—: «Por favor, Juliana; ¡por él se lo ruego, no haga eso!». Pero me contuve y pregunté, con menos ardor:

— ¿Por qué habría de quedarme tanto tiempo?

—Pensé que le gustaba estar aquí —dijo la señorita Bordereau, con su marchita dignidad.

—También yo pensé que me gustaría.

Guardó silencio un momento, y dejé que mis palabras causaran el efecto que ella prefiriese. Casi esperaba oírla responder, con frialdad, que si me sentía decepcionado no había necesidad de seguir discutiendo, aunque a estas alturas creí que ella sabía —por la razón que fuese— cuál era la causa de mi decepción. Me llenó de asombro que señalara:

—Si le parece que no lo hemos tratado suficientemente bien, tal vez podamos encontrar el modo de tratarlo mejor.

Tan incongruente me pareció este comentario que solté una carcajada, y me excusé, diciendo a mi interlocutora que hablaba de mí como si fuese un niño enfurruñado que protesta en un rincón y al que hay que «convencer». No tenía ni una sola queja y nada podía superar la gentileza de la señorita Tina, que había tenido a bien acompañarme unas noches antes a la Piazza. A esto la anciana dijo:

—Bueno, ¡usted lo provocó! —Y adoptando un tono distinto—: Es una muchacha muy agradable. —Asentí afablemente a esta observación y la anciana expresó su esperanza de que no lo hubiese hecho yo sólo por mostrarme agradecido, sino porque su sobrina me agradaba de veras. Seguía sin saber a dónde se proponía llegar la señorita Bordereau—. Soy su única familia en el mundo. — ¿Intentaba presentar a su sobrina como un buen partido, al describirla como una mujer amable y sin cargas familiares?

Era cierto que no podía conservar mis habitaciones a un precio tan exorbitante y que ya había invertido en mi empresa casi todo el dinero del que disponía. Mi tiempo y mi paciencia no estaban agotados, pero tenía que hacer un uso menos oneroso de ellos. Estaba dispuesto a pagarle a la valiosa mujer con la que mantenía esta pugna económica el doble de lo que habría pedido cualquier otra padrona di casa, pero no veinte veces más. Así se lo dije, abiertamente, y mi franqueza al parecer dio fruto, porque la señorita Bordereau exclamó:

— ¡Muy bien! ¡Ha hecho usted lo que le pedía! ¡Ha hecho una oferta!

—Sí, pero no por medio año. Sólo por este mes.

—En ese caso, tengo que pensarlo. —Parecía decepcionarle que no me comprometiese a quedarme por un período más largo, y adiviné que se proponía tanto garantizar mi presencia como desalentarme, cuando dijo con severidad—: ¿Acaso sueña con conseguirlo en menos de seis meses? ¿Sueña con que, incluso al cabo de seis meses, estará usted apreciablemente más cerca de su victoria? —Lo que yo pensaba principalmente era que me estaba tendiendo una trampa para que me comprometiese, a pesar de que ella ya había destruido su tesoro. Tanto me preocupaba esto que por un momento casi estuve tentado de desistir, y si me abstuve fue sólo por el instinto (cabía la posibilidad de que me equivocara) de no verme en la embarazosa situación de ser descubierto. Era una bruja tan astuta que uno nunca sabía qué terreno pisaba cuando estaba con ella. Imagínese cómo se resolvió el rompecabezas cuando, justo después de decir que tendría que pensar si aceptaba mi propuesta, y sin ninguna transición formal, sacó del bolsillo, con una mano torpe, un pequeño objeto envuelto en un papel blanco y arrugado. Lo sostuvo un momento y preguntó—: ¿Entiende algo de curiosidades?

— ¿De curiosidades?

—De antigüedades, de baratijas del pasado por las que la gente paga hoy tanto dinero. ¿Está al corriente de lo que cuestan?

Creo que adiviné lo que estaba a punto de ocurrir, pero respondí con ingenuidad:

— ¿Quiere comprar algo?

—No, quiero vender. ¿Qué me daría por esto un aficionado? —Desenvolvió el paquete y efectuó un leve movimiento para que tomase de sus manos un pequeño retrato ovalado. Lo recibí con unos dedos que esperaba que no delatasen el ansia con que lo aferraba, y ella añadió—: Sólo me separaría de él por una buena suma.

Reconocí a primera vista a Jeffrey Aspern, y fui consciente de que me sonrojaba. Como sabía que me estaba observando, tuve no obstante la templanza de exclamar:

— ¡Qué rostro tan asombroso! Dígame quién es.

—Es un viejo amigo, un hombre muy distinguido en su día. Me lo regaló él, pero temo mencionar su nombre, por miedo a que no lo conozca, siendo como es usted historiador y crítico. Sé que el mundo avanza muy deprisa y la generación siguiente se olvida de la anterior. Fue muy famoso en mi juventud.

No sé si a ella le sorprendía mi seguridad, pero a mí me asombraba la suya; que tuviese la energía, en su estado y a sus años, para jugar conmigo de esa manera por pura diversión, el humor de ponerme a prueba, de aprovecharse de mí y de engañarme. Al menos así lo interpreté cuando sacó la reliquia, pues no podía creer que de verdad quisiera venderla, ni que le interesase la información que yo pudiese darle. Lo que pretendía era tentarme con el retrato y pedir por él un precio prohibitivo.

—Me impresiona este rostro, me atormenta —dije, dando vueltas al retrato y observándolo con mucha atención. Era una obra de arte notable, aunque tampoco magistral, de un tamaño mayor que una miniatura ordinaria, y representaba a un hombre joven, sumamente atractivo, con un gabán verde de cuello alto y chaleco de gamuza. Aprecié en el pequeño objeto la virtud del parecido y juzgué que debió de pintarse cuando el modelo tenía alrededor de veinticinco años. Se han conservado, como es bien sabido, otros tres retratos del poeta, pero ninguno de una fecha tan temprana como el de esta elegante imagen—. No conozco al original, pues bien se ve que es un hombre de otra época, pero creo haber visto otras reproducciones de esta misma cara —continué—. Duda usted de que esta generación haya oído hablar de este caballero, pero a mí me parece que se trata de una celebridad. Dígame, ¿quién es? No logro reconocerlo… no puedo ponerle nombre. ¿Era un escritor? Seguro que es un poeta. —Estaba resuelto a que fuese ella, no yo, quien pronunciase por vez primera el nombre de Jeffrey Aspern.

La señorita Bordereau ignoró mis intenciones con extrema firmeza, y sus labios no pronunciaron para mí las sílabas que tanto anhelaba oír. Se negó a responder a mi pregunta, aunque levantó una mano para recuperar el retrato, con un gesto, pese a su impotencia, de implacable autoridad.

—Era tan sólo una persona consciente de que podría conseguir por este objeto el precio que quisiera fijar —dijo, con cierta aspereza.

—Entonces, ¿ya ha fijado un precio? —pregunté, sin devolverle el delicioso retrato; no con intención de vengarme, sino por el mero instinto de no separarme de él. Nos miramos con dureza, mientras yo retenía la miniatura.

—Sé cuánto es el mínimo que aceptaría. Lo que se me ha ocurrido pedirle a usted es más o menos el máximo que podría obtener.

Se encogió, como si el temor a haber perdido su preciado trofeo le produjera un espasmo y la obligase a realizar un inmenso esfuerzo para arrebatármelo. Al instante lo deposité en su mano, diciendo:

—Me gustaría comprarlo, pero a la vista de sus expectativas seguro que no está a mi alcance.

Dejó el retrato en su regazo, vuelto del revés; y oí que tomaba aliento, como tras un forcejeo o una huida. Esto, sin embargo, no le impidió decir poco después:

— ¿Compraría usted un retrato de alguien a quien no conoce pintado por un artista sin nombre?

—Puede que ese artista no tenga nombre, pero su trabajo es excelente — repliqué, para justificarme.

—Me alegra que diga eso, porque el pintor era mi padre.

—Entonces, ¡es un retrato muy valioso! —exclamé con alegría; y puedo añadir que parte de esta alegría se debió a comprobar que había acertado en mi teoría de los orígenes de la señorita Bordereau. Era evidente que Aspern conoció a la joven Juliana cuando iba a posar al estudio de su padre. Le dije a mi anfitriona que, si me confiaba el retrato por espacio de veinticuatro horas, con mucho gusto pediría consejo a algún experto; pero respondió guardándolo en un bolsillo, sin decir palabra. Esto me convenció de que en realidad no tenía intención de venderlo mientras siguiera con vida, y de que tal vez quisiera conocer la cantidad que su sobrina, en el caso de que pensara dejárselo a ella, podría obtener finalmente por él—. De todos modos, espero que no se lo ofrezca a nadie sin avisarme primero —concluí, puesto que ella seguía sin responder—. Téngame en cuenta como posible comprador.

— ¡Tendrá que pagar por adelantado! —exclamó con inesperada brusquedad; y, como si cayera en la cuenta de que podría protestar yo por este tono y quisiera dar el asunto por concluido, preguntó sin que viniese a cuento de qué hablaba con su sobrina cuando salía con ella por la noche.

—Lo dice usted como si fuera una costumbre —repliqué—. Lo cierto es que me alegraría mucho establecer una rutina tan agradable. Aunque en ese caso tendría mayores escrúpulos por traicionar la confianza de una dama.

— ¿Su confianza? ¿Acaso mi sobrina tiene confianza?

—Aquí está… ella misma podrá decírselo —señalé, pues la señorita Tina acababa de aparecer en el umbral de la puerta—. ¿Tiene usted confianza, señorita Tina? A su tía le interesa mucho saberlo.

— ¡En ella no, en ella no! —declaró la sobrina, sacudiendo la cabeza con un pesar que no era ni jocoso ni fingido—. No sé qué hacer con ella; tiene unos arrebatos de imprudencia terribles. Está agotada y, sin embargo, le ha dado por deambular por toda la casa. —Y miró sin asomo de asombro a la anciana que la tenía esclavizada, como si el roce permanente y la costumbre hiciesen más compresible en alguna ocasión la malsana obstinación de su tía.

—Sé lo que me hago. No he perdido la cabeza. ¡Ya quisieras tú! —contestó la señorita Bordereau con brutal cinismo.

—Supongo que no habrá podido venir usted aquí por sus propios medios. Seguro que la señorita Tina ha tenido que ayudarla —tercié, con ánimo conciliador.

—Insistió en que la trajésemos, ¡y cuando insiste…! —explicó la señorita Tina, con el mismo tono de aprensión, como si no hubiese manera de saber qué nuevo servicio podía antojársele a su tía exigirle, por más que a ella no le pareciera bien.

— ¡Gracias a Dios siempre he conseguido lo que quería! La gente con la que he vivido ha accedido a complacerme —señaló la anciana, desde las blancas cenizas de su vanidad.

—Supongo que quiere decir que la han obedecido. —Aproveché de buen grado la ocasión.

—Llámelo como prefiera… cuando una tiene el aprecio de los demás…

—Precisamente porque te aprecio me resisto algunas veces —señaló la señorita Tina, con una risita nerviosa.

—No sé por qué sospecho que la próxima vez llevará usted a la señorita Bordereau al piso de arriba para hacerme una visita —dije. A lo que la anciana replicó:

—Nada de eso. ¡Puedo vigilarlo desde aquí!

—Estás muy cansada; ¡verás cómo esta noche te sentirás mal! —protestó la señorita Tina.

—Tonterías. Me encuentro mucho mejor en este momento que hace un mes. Mañana también saldré. Quiero estar donde pueda ver a este astuto caballero.

— ¿No sería mejor que me recibiese en su sala de estar? —pregunté.

— ¿Cree que con eso tendría más posibilidades de cazarme? —respondió, mirándome fijamente unos segundos a través de su visera verde.

— ¡No tengo ninguna posibilidad en ninguna parte! La miro, pero no la veo.

—La altera usted mucho, y eso no es bueno —intervino la señorita Tina, disuadiéndome con un reprobatorio movimiento de cabeza.

— ¡Quiero vigilarlo… quiero vigilarlo! —insistió la anciana.

—En ese caso, pasemos juntos el mayor tiempo posible… me da igual dónde. Eso le facilitará mucho las cosas —propuse.

—Ya lo he visto suficiente por hoy. Estoy satisfecha. Ahora quiero volver a mi cuarto —dijo Juliana. La señorita Tina empezó a empujar la silla de ruedas, pero le rogué que me permitiese ocupar su lugar.

— ¡Podrá mover mi silla de ruedas, pero no podrá mover nada más! —exclamó la anciana, al sentirse firmemente impulsada por el suelo pulido. Antes de que llegásemos a la puerta de sus habitaciones me ordenó parar y lanzó una última mirada por todos los rincones de la noble sala—. ¡Es una casa prodigiosa! —murmuró; y reanudé nuestro camino. Cuando entramos en el gabinete, la señorita Tina dijo que ya se encargaba ella de lo demás, y en ese momento la donna pelirroja salió al encuentro de su señora. Confieso que cometí la indiscreción de demorarme, pese a la urgencia con que se me pidió que me marchara. Me retuvo allí la sensación de estar muy cerca de mis codiciados papeles, que supuse guardados en alguna parte de la inhóspita habitación. Su desnudez no sugería la existencia de tesoros ocultos; carecía de recovecos oscuros o de rincones cubiertos con cortinas, de recios armarios o de cómodas con refuerzos de hierro. Además, era posible, era incluso muy probable, que la señorita Bordereau guardase sus reliquias en el dormitorio, en una caja vieja y escondida debajo de la cama, o en el cajón de un tocador desvencijado. No obstante, inspeccioné todo el mobiliario, cualquier escondite concebible, y reparé en media docena de piezas con cajones, particularmente en un secreter alto y antiguo, con adornos de latón de estilo Imperio: un mueble más bien endeble, pero todavía capaz de albergar raros secretos. No sé por qué este escritorio llamó tanto mi atención, puesto que no tenía la intención de forzarlo. Lo miré con tanto detenimiento que la señorita Tina se dio cuenta y cambió de color. Esto me hizo pensar que estaba en lo cierto y que, aunque antes hubiesen estado en otra parte, los papeles de Aspern languidecían ahora tras la huraña cerradura del secreter. No me fue fácil apartar la mirada de su frente de caoba al pensar que tan sólo un panel de madera me separaba de la meta de mis esperanzas; sin embargo, recobré mi dispersa prudencia y, haciendo un esfuerzo, me despedí de mi anfitriona. Por dar a mi retirada algo de gracia le prometí traerle una opinión sobre el retrato.

— ¿El retrato? —preguntó la señorita Tina, sorprendida.

— ¿Qué sabrá usted de eso? No es necesario que se moleste. Ya he fijado mi precio —me respondió la anciana.

— ¿Y puedo saber cuál es?

—Mil libras.

— ¡Dios mío! —exclamó la pobre señorita Tina, sin poder contenerse.

— ¿Es de eso de lo que habla con ella? —preguntó la señorita Bordereau.

— ¡Hay que ver qué cosas pregunta su tía! —Tuve que despedirme de mi amiga con estas palabras, aunque me hubiera gustado inmensamente añadir: «¡Por Dios, baje a verme esta noche al jardín!».

CAPÍTULO VIII

Resultó que esta precaución no era necesaria, porque tres horas más tarde, justo cuando terminaba de cenar, la señorita Tina apareció sin anunciarse en el umbral de la habitación donde me servían mis sencillas comidas. Recuerdo bien que no me sorprendió su llegada, lo cual no significa que descreyese de su timidez. Su timidez era inmensa, pero cuando había una razón concreta para ser audaz nunca le impedía correr en mi busca. Vi que no tenía una razón del todo concreta; se abalanzó sobre mí cuando me levanté para saludarla, y me cogió del brazo.

—Mi tía está muy enferma; ¡creo que se está muriendo!

— ¡Por nada del mundo! —respondí con encono—. ¡No tema!

— ¡Vaya en busca de un médico… vaya, vaya! Olimpia ha ido a avisar al que la atiende siempre, pero no vuelve. No sé qué le habrá pasado. Le dije que, si no lo encontraba en casa, lo buscase donde fuera, pero debe de estar persiguiéndolo por toda Venecia. No sé qué hacer… parece como si se estuviera extinguiendo.

— ¿Puedo verla, para juzgar la situación? —pregunté—. Con mucho gusto buscaré un médico, pero ¿no sería mejor que enviase a mi criado, para que yo pueda quedarme con usted?

La señorita Tina asintió y despaché a Pasquale en busca del mejor médico del vecindario. Bajé corriendo con mi amiga, mientras me explicaba que, una hora después de que yo las dejase, la señorita Bordereau tuvo un ataque de «opresión», una terrible dificultad para respirar. Se le pasó al cabo de un rato, pero quedó tan agotada que no volvía en sí; parecía extenuada y muerta. Le repetí que no se había ido, que no se iría todavía, a lo cual me miró de soslayo, con una agudeza que no había mostrado nunca y dijo:

— ¿Qué quiere decir con eso? ¡No la estará acusando de fingir! —No recuerdo qué contesté a estas palabras, aunque temo que en mi fuero interno creyese a la señorita Bordereau capaz de cualquier maniobra. La señorita Tina quiso saber qué le había hecho a su tía; la anciana le dijo que nuestra entrevista la había puesto de muy mal humor. Le aseguré que no le había hecho nada, que había sido sumamente cuidadoso, pero insistió en que su tía le había contado que tuvo una escena conmigo; una escena que le disgustó mucho. Respondí, algo dolido, que la escena la había provocado ella, y que no veía qué razón podía tener para estar enfadada conmigo, salvo que yo no estaba dispuesto a darle mil libras por el retrato de Jeffrey Aspern—. ¿Le enseñó el retrato? ¡Ay, Dios mío! —gimoteó la señorita Tina, que parecía sentirse como si la situación escapara a su control y el destino estrechara el cerco sobre ella. Respondí que daría cualquier cosa por ese retrato, pero que no tenía mil libras. Me detuve cuando llegamos a la puerta de la señorita Bordereau. Tenía una inmensa curiosidad por entrar, pero me creí en el deber de decir que, si la anciana se enfadaba tanto en mi presencia, tal vez debiera ahorrarle el trance de verme—. ¿El trance de verlo? ¿Acaso cree que puede ver? —preguntó mi amiga, casi indignada. Lo creía, aunque me abstuve de manifestarlo, y la seguí obedientemente.

Recuerdo que al llegar a la cama de la enferma pregunté:

— ¿Nunca le enseña los ojos? ¿Nunca los ha visto?

La señorita Bordereau no llevaba puesta la visera verde, aunque —no tuve la fortuna de contemplar a Juliana con su gorrito de dormir— tenía la parte superior del rostro cubierta por un trozo de muselina sucia, una especie de improvisada capucha que le ceñía la cabeza y descendía hasta la nariz, dejando sólo visibles las mejillas ajadas y la boca fruncida, tan apretada que parecía un gesto consciente. La señorita Tina me miró sorprendida, sin ver ninguna razón para mi impaciencia.

— ¿Lo dice porque siempre los lleva ocultos? Es para protegerlos —dijo.

— ¿Porque son delicados?

— ¡Sí, sí! —Y sacudió la cabeza, al tiempo que decía en voz baja—. Pero

¡antes eran magníficos!

—Eso es muy cierto… contamos con la palabra de Aspern. —Y, al mirar de nuevo el envoltorio de la anciana, pensé que no toleraría la insinuación de que el gran poeta hubiese exagerado. No perdí el tiempo, sin embargo, observando a Juliana, que respiraba con tanta levedad como si ninguna atención humana pudiera servirle ya de ayuda. Recorrí una vez más la habitación con la mirada, hurgando con los ojos en los armarios, en las cómodas y en las mesas. La señorita Tina se percató en seguida y supo, creo, lo que yo buscaba. Pero no dijo nada; se apartó con inquietud, con angustia, y me sentí reprendido, con razón, por mostrar aquel apetito casi indecente en presencia de nuestra moribunda compañera. Pese a todo eché un vistazo más, intentando identificar mentalmente el receptáculo donde habría de buscar en primer lugar la persona que quisiera apoderarse de los papeles de la señorita Bordereau en cuanto ésta muriese. La habitación se encontraba en un desorden atroz; parecía el camerino de una vieja actriz. Había vestidos colgados sobre las sillas, ropa raída y amontonada aquí y allá, y varias cajas de cartón apiladas, abolladas, deformadas y descoloridas, que podían tener cincuenta años. La señorita Tina notó de nuevo hacia dónde se dirigían mis ojos y, como si adivinara mis pensamientos (olvidando que yo no era quién para juzgar nada), dijo, quizá para defenderse de la acusación de ser cómplice de aquel desorden:

—A ella le gusta tenerlo así; no nos deja mover nada. Son cajas de cintas viejas que ha conservado casi toda la vida. —Y, como si se compadeciese de mis verdaderos pensamientos, añadió—: Esas cosas estaban allí. —Y señaló hacia un pequeño arcón que apenas cabía debajo de un sofá. Me fijé en el cofre extraño y caduco, de madera pintada, con asas muy elaboradas, correas marchitas y el color (se veía que en algún momento tuvo una mano de pintura verde claro) casi borrado. Era evidente que el arcón había viajado con Juliana en los viejos tiempos, que había compartido sus aventuras. Sería muy raro que alguien apareciese hoy en un hotel moderno con este equipaje.

— ¿Estaban? ¿Ya no están? —pregunté, sobresaltado por la insinuación de la señorita Tina.

Iba a responder cuando llegó el médico… el médico en cuya busca fue la criada y al que finalmente logró encontrar. Mi criado, que había salido por su cuenta con el mismo cometido, se encontró con la muchacha y el doctor a la zaga, y de acuerdo con el expansivo espíritu veneciano regresó con ellos y los acompañó hasta el umbral de la habitación de la patrona, donde lo vi asomar por encima del hombro del médico. Me apresuré a indicarle que se marchara cuando su rostro curioso me recordó lo poco que pintaba yo mismo allí, tal como me confirmó la penetrante mirada del médico, que debió de verme como un rival que le había tomado la delantera. Era un hombre bajito, gordo y enérgico, que lucía el sombrero alto de su profesión y parecía fijarse en todo menos en su paciente. Al ver que no me quitaba ojo, como si creyera que también yo necesitaba cuidados médicos, lo saludé con una reverencia, lo dejé con las mujeres y salí al jardín para fumar un cigarrillo. Estaba nervioso; no podía alejarme de allí. No podía salir de la casa. No sé exactamente qué pensé que podría ocurrir, pero me pareció importante quedarme. Deambulé por los senderos —había caído la noche cálida— fumando un cigarrillo detrás de otro y atento a la luz en las ventanas de la señorita Bordereau. Vi que estaban abiertas; la situación había cambiado. A veces la luz se movía, aunque despacio; no indicaba la urgencia de una crisis. ¿Estaría muriendo la anciana o habría muerto ya? ¿Habría dicho el médico que nada podía hacerse, sino dejarla ir en paz? ¿O se habría limitado a anunciar, con una expresión algo más convencional, que el fin del fin había llegado? ¿Estarían las dos mujeres atareadas en los menesteres propios de tales casos? Me incomodaba no estar presente, como si temiera que el médico pudiera llevarse los papeles. Mordí con fuerza el cigarrillo cuando volvió a asaltarme la idea de que tal vez ya no hubiese ningún papel que llevarse.

Estuve dando vueltas más de una hora. Busqué a la señorita Tina en una de las ventanas, con la vaga idea de que se asomaría para ofrecerme alguna señal. ¿No vería la punta roja de mi cigarrillo en la oscuridad y adivinaría mis ansias de saber cuál había sido el dictamen del médico? Temo que el hecho de que en cierto modo yo esperase que, en un momento así, cuando se enfrentaba al mayor cambio de su vida, la pobre señorita Tina reparase en mi persona sea una prueba de la intensidad de mi angustia. Mi criado bajó a hablar conmigo; sólo sabía que el médico se había marchado tras una visita de media hora. Que se hubiese quedado media hora significaba que la señorita Bordereau seguía con vida; en certificar su defunción no habría tardado tanto tiempo. Envié a Pasquale fuera de la casa; había momentos en que su curiosidad me sacaba de quicio, y éste era uno de ellos. Él sí había visto la punta de mi cigarrillo desde una de las ventanas de arriba, y no la señorita Tina. El hombre no podía saber lo que me traía entre manos y yo no podía decírselo, aunque sospechaba que tal vez albergaba en secreto fantásticas teorías sobre mí que él daba por buenas y yo, de haberlas conocido con exactitud, habría encontrado ofensivas.

Subí por fin al piso de arriba, aunque no pasé de la sala. La puerta que conducía a las habitaciones de la señorita Bordereau estaba abierta, y se vislumbraba la tenue luz de una mísera vela. Hacia allá me encaminé con paso ligero, y en ese preciso instante la señorita Tina apareció y se detuvo al ver que me acercaba.

—Está mejor, está mejor —dijo, antes de que pudiese yo hacer ninguna pregunta—. El médico le ha dado algo; despertó y volvió a la vida mientras él estaba aquí. Dice que no corre un peligro inmediato.

— ¿No corre un peligro inmediato? Eso significa que está grave.

—Sí, por haberse excitado. Eso le afecta mucho.

—Le volverá a ocurrir, porque se exalta en exceso. Es lo que ha ocurrido esta tarde.

—Sí, no debe salir más de su cuarto —asintió la señorita Tina, cayendo en uno de sus lapsos de distanciamiento.

— ¿Qué sentido tiene hacer ese comentario —me permití preguntar—, si usted vuelve a llevarla a donde quiera la próxima vez que se lo pida?

—No lo haré… no volveré a hacerlo.

—Tendrá que aprender a no ceder.

—Sí, eso haré; me costará menos si usted me dice que eso es lo que hay que hacer.

—No debe hacerlo por mí… debe hacerlo por usted. Todo repercute en su ánimo, si está usted asustada y nerviosa.

—Bueno, ya no estoy nerviosa —respondió, con bastante serenidad—. Se ha quedado muy tranquila.

— ¿Está consciente… habla?

—No, no habla, pero me coge la mano. La aprieta con fuerza.

—Sí. Esta tarde vi la fuerza que tiene, cuando cogió ese retrato. Si la aprieta con tanta fuerza, ¿cómo es que está usted aquí?

Esperó un momento; aunque tenía el rostro completamente oculto entre las sombras —estaba de espaldas a la luz del gabinete, y yo había dejado mi vela lejos de allí, junto a la puerta de la sala—, me pareció que sonreía ingeniosamente.

—He salido adrede. Lo oí llegar.

—Pero ¡si he venido de puntillas, con el mayor sigilo!

—Pues lo he oído.

— ¿Y ha dejado sola a su tía?

—Claro que no… Olimpia está con ella.

Deliberé en silencio y pregunté:

— ¿Entramos entonces? —Señalando con la cabeza el gabinete. Quería estar lo más cerca posible.

—No podemos hablar allí… nos oiría.

Estuve a punto de decir que en ese caso guardaríamos silencio, pero comprendí que no me sería posible; ardía en deseos de preguntarle algo. Sugerí por tanto que paseáramos un rato por la sala, preferiblemente por el otro extremo, donde no molestásemos a nuestra amiga. La señorita Tina aceptó sin condiciones. Me explicó que el médico no tardaría en regresar, y prefería esperarlo en la puerta. Deambulamos por el espléndido y superfluo vestíbulo, donde nuestras pisadas resonaron con más intensidad de lo que imaginaba, sobre todo al principio, cuando no hablamos. Alcanzamos el extremo contrario —el amplio ventanal, cerrado como de costumbre, conducía al balcón que miraba al canal— y pensé que lo mejor sería que nos quedásemos allí, pues así veríamos llegar al médico. Abrí el ventanal y salimos al balcón. El aire del canal parecía aún más denso y caliente que el de la sala. La ciudad estaba silenciosa y vacía; todos dormían en el tranquilo vecindario. De cuando en cuando, una lámpara resplandecía en el agua negra; la voz de un hombre que regresaba a casa cantando, la chaqueta al hombro y el sombrero en la oreja, nos llegó desde la distancia. Esto no impidió que la escena resultase muy comme il faut, tal como dijo la señorita Bordereau cuando la vi por vez primera. Una góndola cruzaba el canal con su rítmico y lento chapoteo, y la observamos en silencio. No se detuvo; no era la del médico. Cuando hubo pasado, le pregunté a la señorita Tina:

— ¿Y dónde están ahora… las cosas que estaban en el cofre?

— ¿En el cofre?

—Esa caja verde que me señaló en la habitación de su tía. Dijo usted que los papeles habían estado allí; me pareció que daba a entender que los había cambiado de sitio.

—Ah, sí. Ya no están en el cofre.

— ¿Puedo preguntarle si lo ha comprobado?

—Sí, lo he comprobado… para usted.

— ¿Cómo que para mí, querida señorita Tina? ¿Quiere decir que me los habría entregado, de haberlos encontrado? —Y casi temblé al formular esta pregunta.

Tardó en responder, y aguardé. De pronto dijo:

— ¡No sé lo que haría… lo que no haría!

— ¿Los buscará…?

Había pronunciado su última frase con una extraña e inesperada emoción, y en el mismo tono dijo:

—No puedo… no puedo… mientras ella esté ahí. No es decente.

—No, no es decente —repliqué con gravedad—. Dejemos que la pobre mujer descanse en paz. —Y no hubo hipocresía en mis palabras, pues me sentí reprendido y avergonzado.

Al momento, como si lo adivinase y sintiera lástima de mí, la señorita Tina quiso añadir, y explicar al mismo tiempo, que yo la había incitado, al menos le había insistido en exceso:

—No puedo traicionarla de ese modo. No puedo traicionarla… cuando es posible que esté en su lecho de muerte.

— ¡Dios me libre de pedírselo, aunque la culpa sea mía!

— ¿La culpa?

—He navegado bajo una enseña falsa. —Sentí que había llegado el momento de confesarlo todo, de decirle que me había presentado ante ella con un nombre ficticio, por miedo a que su tía hubiese oído hablar de mí y se negara a admitirme. Esto le expliqué, y también que fui cómplice de la carta remitida meses antes por John Cumnor.

Escuchó con gran atención, casi boquiabierta, y cuando hube terminado mi confesión preguntó:

—Entonces… ¿cuál es su verdadero nombre? —Lo repitió dos veces cuando se lo dije, acompañándolo de esta exclamación—: ¡Válgame Dios! —Y añadió—: Me gusta más el auténtico.

—A mí también. —Y mi risa sonó a arrepentimiento—. ¡Uf! Es un alivio librarme de ese otro.

—De manera que ha sido todo una trama… una especie de conspiración.

—No tanto como una conspiración… sólo éramos dos —repuse, dejando fuera a la señora Prest.

Reflexionó unos instantes, y pensé que iba a señalar nuestra vileza. Pero no era ése su estilo, y en seguida, como si lo observara todo con sincera imparcialidad, dijo:

— ¡Cuánto debe de querer esos papeles!

— ¡Así es, con pasión! —respondí, admito que sonriendo de oreja a oreja. Y la oportunidad me impulsó a seguir adelante, olvidando mi arrepentimiento —. ¿Cómo habrá podido cambiarlos de sitio ella sola? ¿Cómo habrá podido andar? ¿Cómo habrá hecho ese esfuerzo físico? ¿Cómo puede levantar un peso y trasladarlo?

— ¡Cuando alguien quiere algo pone en ello toda su voluntad! —respondió la señorita Tina, como si también ella se hubiera hecho la misma pregunta y no hallase otra respuesta: la de que a altas horas de la noche, o aprovechando un momento en el que no había moros en la costa, la anciana había sido capaz de hacer un esfuerzo prodigioso.

— ¿Le ha preguntado a Olimpia? ¿No la habrá ayudado, no lo habrá hecho ella? —pregunté; a lo que mi amiga replicó con prontitud y certeza que la criada no tenía nada que ver en el asunto, aunque sin reconocer abiertamente que hubiese hablado con ella. Parecía algo cohibida, algo avergonzada de hacerme saber cuánto había participado de mi inquietud y cuánto había pensado en mí. De buenas a primeras, sin que viniera al caso, dijo:

—Casi me parece usted una persona nueva, ahora que tiene un nombre nuevo.

—No es un nombre nuevo. Es muy antiguo, por suerte.

Me miró un segundo:

—Bueno, a mí me gusta más.

— ¡Si no le gustase, seguiría usando el otro!

— ¿De veras lo haría?

Volví a reír, pero por toda respuesta dije:

—No cabe duda de que, si es capaz de hurgar por todas partes, ha podido quemarlos perfectamente.

—Tiene que esperar… tiene que esperar —moralizó la señorita Tina con voz lastimera. Pero su tono no logró mitigar mi impaciencia, pues a fin de cuentas parecía que aceptaba esta terrible posibilidad. Pese a todo, declaré que aprendería a esperar; en primer lugar porque no podía hacer otra cosa y en segundo lugar porque tenía su promesa de que me ayudaría.

—Claro que, si los papeles han desaparecido, eso no será necesario —señaló, como si quisiera echarse atrás, aunque en realidad fue una mera reflexión.

—Naturalmente. Pero ¡si lograra encontrarlos! —gemí, temblando una vez más.

—Creí que había prometido esperar.

— ¿Dice usted esperar incluso para eso?

— ¿Para qué si no?

—Ah, nada —respondí, de un modo bastante estúpido, avergonzado de confesar lo que estaba implícito en mi aceptación de la espera; la idea de que tal vez ella hiciese por mí algo más que encontrarlos.

No sé si lo adivinó; en todo caso pareció juzgar que debía mostrarme más rigor:

—Yo no le prometí que fuese a engañarla, ¿verdad que no? No creo haberlo hecho.

— ¡Poco importa que lo hubiese prometido, puesto que no habría sido capaz!

Es muy posible que no hubiera refutado mis palabras aunque no se hubiese distraído con la aparición de la góndola del médico en el pequeño canal. Detecté en el apresuramiento del caballero la creencia de que la señorita Bordereau aún corría peligro. Lo miramos mientras desembarcaba y volvimos a la sala para recibirlo. Sin embargo, dejé que la señorita Tina entrase a solas con él, naturalmente, y sólo le pedí que fuera más tarde a darme noticias.

Salí de la casa y fui andando hasta la Piazza, donde mi agitación se negó a abandonarme. No fui capaz de sentarme; era bastante tarde, pero aún había gente en las terrazas de los cafés. No podía más que dar vueltas, lleno de inquietud, y eso hice, media docena de veces. Sólo me reconfortaba haberle confesado a la señorita Tina mi verdadera identidad. Emprendí por fin el camino de vuelta y me perdí inextricablemente, como me sucedía siempre que salía a pasear por Venecia; de ahí que llegase a mi puerta bien pasada la medianoche. La sala estaba a oscuras, como de costumbre, y, mientras la cruzaba, mi lámpara no reveló nada interesante. Me sentí decepcionado, pues le había indicado a la señorita Tina que volvería para que me informase, y esperaba que hubiese dejado alguna luz, a modo de señal. La puerta de las habitaciones de las damas estaba cerrada, lo que interpreté como una señal de que mi titubeante amiga se había retirado a dormir, cansada de esperarme. Me detuve en el centro de la sala y reflexioné, con la esperanza de que me hubiese oído y se asomara un momento para asegurarme que jamás se acostaría estando su tía en un estado tan crítico; se sentaría a velarla… estaría en una silla, en camisón. Me acerqué a la puerta; me quedé allí y agucé el oído. No se oía absolutamente nada, y al cabo de un rato me decidí a llamar con suavidad. No hubo respuesta, y pasado un minuto giré la manilla. No ver ninguna luz encendida tendría que haberme disuadido de entrar, pero entré. Tras haber expuesto con franqueza las impertinencias y las indelicadezas de las que era capaz con tal de apoderarme de los papeles de Jeffrey Aspern, no creo que deba avergonzarme confesar esta última indiscreción. Ahora pienso que es lo peor de todo cuanto hice, aunque hubiese circunstancias atenuantes. Necesitaba con urgencia recibir noticias de Juliana, por más que mi preocupación fuese interesada, y puesto que la señorita Tina había aceptado verse conmigo, me pareció cuestión de honor que cumpliese su palabra. Cabe objetar que el hecho de que hubiese dejado la casa a oscuras era una clara señal de que me liberaba de este compromiso, a lo cual sólo puedo replicar que yo no deseaba ser liberado.

La puerta que conducía a la habitación de la señorita Bordereau estaba abierta, y distinguí al fondo el resplandor de una vela. No se oía ningún ruido; mis pisadas no molestarían a nadie. Avancé unos pasos y me detuve con la lámpara en la mano. Quería dar a la señorita Tina la oportunidad de salirme al paso si, tal como yo no podía dudar, seguía allí con su tía. No quise llamarla; me limité a esperar que viese mi luz. No fue así y lo atribuí —más tarde supe que estaba en lo cierto— a que se había quedado dormida. Si se había quedado dormida era porque su tía no le preocupaba, y esta explicación debiera haberme inducido a irme por donde había venido. Debo repetir, una vez más, que no me fui, pues en ese mismo instante me venció un impulso que no pude resistir. No tenía ningún propósito definido, ninguna mala intención, pero la intensa aunque absurda sensación de oportunidad me dejó clavado al sitio. No sabría decir qué clase de oportunidad, puesto que no se me pasó por la cabeza cometer un robo. Aun cuando hubiese tenido la tentación, me enfrentaba al hecho cierto de que la señorita Bordereau no dejaba su secreter, su armario o los cajones de sus mesas abiertos. No tenía llaves, ni herramientas, ni la ambición de destrozar sus muebles. No obstante, se me ocurrió que me encontraba probablemente solo, a salvo, a esa hora de la noche que es la hora de la libertad y la seguridad, más cerca que nunca de la fuente de mis esperanzas. Sostuve la lámpara en alto y dejé que la luz iluminase los distintos objetos, como si pudiera revelarme algo. Tampoco esta vez hubo ningún movimiento en la habitación contigua. Si la señorita Tina dormía, dormía profundamente. ¿Lo haría, generosa mujer, con intención de dejarme el campo libre? ¿Sabría que yo estaba allí y no decía nada para ver qué hacía… qué sería capaz de hacer? ¿Me atrevería, llegado el caso? Bien sabía ella que no, incluso mejor que yo.

Me detuve delante del secreter, inútilmente boquiabierto y sin duda con un aire grotesco. Pues ¿qué podía decirme el escritorio después de todo? Para empezar estaba cerrado y, además, seguramente no contenía nada que pudiese interesarme. Apostaba diez a uno a que la anciana había destruido los papeles y, aunque no fuese así, la astuta mujer nunca los guardaría allí después de haberlos sacado del cofre verde; no los habría trasladado, si lo que quería era tenerlos a buen recaudo, a un escondite peor. El secreter llamaba más la atención, era un lugar más expuesto en una habitación que ella ya no podía custodiar. Se abría con una llave, pero tenía también un pequeño tirador de latón como un botón: lo vi al pasar la lámpara. Hice algo más, en el clímax de mi crisis; consideré la posibilidad de que la señorita Tina de veras quisiera revelarme algo. De lo contrario, si no deseaba que me acercase, ¿por qué no había cerrado la puerta que comunicaba el gabinete con la sala? Eso habría sido una señal definitiva para indicarme que me olvidase de los papeles. Si no lo indicaba era porque quería que yo entrase, por alguna razón… una razón que en ese momento se manifestaba mediante la sutilísima insinuación de que, para ayudarme, había dejado abierto el secreter. La llave no estaba puesta, pero la tapa se abriría probablemente si tocaba el botón. Urgido por esta posibilidad, me incliné para comprobarlo. No tenía intención de hacer nada, ni siquiera, ni mucho menos, de bajar la tapa. Sólo deseaba comprobar mi teoría, ver si el secreter estaba abierto. Rocé el tirador con la mano —lo sabría con sólo tocarlo— y volví la cabeza por encima del hombro. Fue puro azar, puro instinto, puesto que no había oído nada. Casi se me cae la lámpara de las manos, y di un paso atrás, sobresaltándome ante lo que vieron mis ojos. Allí estaba Juliana, en camisón, junto a la puerta de su dormitorio, observándome. Tenía las manos levantadas y se había retirado el eterno velo que le cubría la mitad del rostro; y por primera, por última, por única vez pude contemplar sus extraordinarios ojos. Me deslumbraron; eran como el fogonazo de una lámpara de gas que sorprende a un ladrón in fraganti; sentí una vergüenza atroz. Jamás olvidaré su extraña figura, encorvada y vacilante, la cabeza alta, su actitud, su expresión; como tampoco olvidaré el violento y ardiente bufido que me lanzó mientras me daba la vuelta:

— ¡Ah, editor sinvergüenza!

No sé qué explicación o qué disculpa balbucí; pero me acerqué a ella para decirle que no tenía intención de hacerle ningún daño. Me apartó con las manos marchitas y retrocedió llena de horror; al momento, con un rápido espasmo, se desplomaba en los brazos de la señorita Tina, como si la muerte se hubiese abatido sobre ella.

CAPÍTULO IX

Salí de Venecia la mañana siguiente, en cuanto supe que mi anfitriona no había sucumbido, como temí en su momento, al susto que le di; al susto, podría añadir, que me dio ella. ¿Cómo iba a imaginar que podría salir de la cama por sus propios medios? No logré ver a la señorita Tina antes de partir; sólo a la donna, a quien le confié una nota para la más joven de sus señoras. Le comunicaba en ella que me ausentaba sólo por unos días. Fui a Treviso, a Bassano, a Castelfranco; di paseos en coche y a pie, y visité iglesias viejas y enmohecidas que conservaban pinturas mal iluminadas; pasé horas sentado, fumando, a la puerta de cafés con moscas y cortinas amarillas, en la sombra de somnolientas plazuelas. A pesar de estos pasatiempos, que eran mecánicos y superficiales, apenas disfruté de mi viaje; había tenido que tragarme un brebaje muy amargo y no lograba quitarme el mal sabor de boca. Fue una metedura de pata de mil demonios, como dicen los jóvenes, exponerme a que

Juliana me encontrase examinando su escritorio a media noche; y no menos difíciles resultaron las horas posteriores, cuando me pareció muy probable haberla matado. Me irritaba sobremanera mi humillación, pero tenía que hacer lo que pudiese, tenía que reducirla al mínimo escribiendo a la señorita Tina, además de explicarle en qué situación me había visto sorprendido. Me dolía que me hubiesen llamado editor sinvergüenza, pues era cierto que me dedicaba a la edición y no menos cierto que mi comportamiento no había sido precisamente delicado. Por un momento me convencí de que la única manera de expiar el deshonor era quitarme de en medio sin más tardanza, sacrificar mis esperanzas y liberar para siempre a las pobres mujeres de mi opresiva presencia. Después me dije que tal vez sería mejor ausentarme temporalmente, pues es posible que para entonces ya hubiese tenido la impresión (tácita y vaga) de que, si desaparecía para siempre, no serían sólo mis propias esperanzas las que condenara a la extinción. Puede que la solución fuese no dar señales de vida el tiempo suficiente para que la anciana llegase a creer que se había librado de mí. No cabía duda de que querría librarse de mí tras lo sucedido, aunque yo no pudiese librarme de ella: semejante monstruosidad cometida a medianoche seguramente la había curado de esa tendencia a soportar mi compañía por los dólares que yo le procuraba. Pensé que no podía abandonar a la señorita Tina, y así seguí creyéndolo incluso cuando vi que mi amiga ignoraba por completo la sincera solicitud —le facilité dos o tres direcciones de poste restante en pequeñas ciudades— de que me tuviese al corriente de su situación. Le habría pedido a mi criado que me enviase noticias, de no haber sido porque lo sabía incapaz de manejar una pluma. ¿Acaso no veía el desprecio de la señorita Tina... por más que nunca me hubiese tratado con desdén? Mi amargura era grande; pero, si tenía escrúpulos por regresar, también los tenía por no hacerlo, y deseaba reparar la situación. Por fin regresé a Venecia, al cabo de doce días, y mientras mi góndola chocaba suavemente contra las escaleras del palacio, una sutil palpitación de incertidumbre me reveló hasta qué punto me había perjudicado mi ausencia.

Emprendí el camino de vuelta tan repentinamente que ni siquiera había telegrafiado a mi criado. De ahí que no estuviese en la estación para recibirme, aunque asomó la cabeza por una ventana cuando llegué a la casa.

—La han enterrado, quella vecchia —me dijo en el vestíbulo, mientras cargaba con mi maleta; hizo una mueca, incluso guiñó un ojo, como si creyera que me agradaría la noticia.

— ¡Ha muerto! —exclamé, mirándolo de un modo muy distinto.

—Eso parece, puesto que la han enterrado.

—Entonces, ¿todo ha terminado? ¿Cuándo fue el funeral?

—Hace un par de días. Aunque a eso no se le puede llamar un funeral, signore: roba da niente… un piccolo passeggio brutto de dos góndolas. Poveretta! —continuó el veneciano, refiriéndose, al parecer, a la señorita Tina. Pasquale era de la opinión de que los funerales tenían principalmente la función de entretener a los vivos.

Quería saber de la señorita Tina, cómo estaba y dónde, pero preferí no hacer preguntas hasta que subimos a mis habitaciones. Me vi obligado a aceptar la realidad y no me gustó nada, especialmente la idea de que mi pobre amiga hubiese tenido que arreglárselas sola, después de todo. ¿Qué sabría ella de los preparativos, de los pormenores necesarios en tales circunstancias? ¡Poveretta, en verdad! Confiaba en que el médico la hubiese ayudado, y en que los amigos de los que me habló, ese pequeño círculo de fieles que manifestaban su lealtad visitando la casa una vez al año, no se hubiesen olvidado de ella. Supe por Pasquale que dos damas y un caballero acompañaron a la señorita Tina —vinieron a buscarla en su propia góndola— en su viaje hasta el cementerio, la pequeña isla de murallas rojas situada al norte de la ciudad, en el camino de Murano. Deduje de esta información que las señoritas Bordereau eran católicas, cosa que hasta el momento desconocía, puesto que la anciana no estaba en condiciones de ir a la iglesia y su sobrina, por lo que se me alcanzaba, o tampoco iba o iba sólo a la primera misa de la mañana, antes de que yo me hubiese levantado. Al parecer, también los sacerdotes respetaban su reclusión. Jamás oí el revuelo de los faldones del cura en el palacio. Esa noche, una hora más tarde, envié a Pasquale con una nota, apenas cinco palabras, para saber si la señorita Tina podía recibirme un momento. Regresó diciendo que no estaba en la casa, donde la había buscado, sino en el jardín, tomando el aire y cogiendo flores como si fueran de su propiedad. Allá la encontró, y dijo que se alegraría de verme.

Bajé al jardín y pasé media hora con la pobre señorita Tina. Siempre había tenido un aspecto ajado y triste, como enlutada por una pena que nunca terminaba, y en este sentido no se la veía distinta. Pero saltaba a la vista que había estado llorando, llorando mucho, de una manera simple, agradable y reconfortante, con una primitiva y retardada sensación de violencia y soledad. No tenía, sin embargo, un aire o una expresión tristes, y casi me sorprendió verla allí, en el crepúsculo incipiente, con las manos rebosantes de admirables rosas y sonriendo con los ojos enrojecidos. La cara blanca, enmarcada en la mantilla, parecía más alargada y enjuta que de costumbre. Estaba convencido de que su disgusto sería irreconciliable, por no haber estado allí para aconsejarla, para ayudarla; y, aunque no me pareció advertir ningún rencor en su actitud, y tampoco daba muestras de estar convencida de la importancia de sus propios asuntos, me había preparado para algún cambio en sus maneras, para ser recibido con un aire agraviado y distante que le dijese a mi conciencia: «¡Valiente impostor estás hecho!». Pero la verdad histórica me obliga a señalar que el rostro anodino de la pobre mujer dejó de ser anodino, dejó casi de ser feo, cuando se volvió alegremente hacia las habitaciones de su difunta tía. Este gesto me conmovió en lo más profundo y me hizo pensar que simplificaba mi situación, hasta que comprendí que no era así. Esa noche le manifesté toda la amabilidad de la que fui capaz y paseé con ella por el jardín todo el tiempo que juzgué conveniente. No cruzamos una sola explicación; no le pregunté por qué no había contestado a mi carta. Mucho menos le repetí lo que en ella le decía; si prefería darme a entender que había olvidado la situación en que la señorita Bordereau me había sorprendido y el efecto que este descubrimiento tuvo en la anciana, también yo lo dejaría estar de buena gana: le agradecí que no me tratase como si hubiese matado a su tía.

Dimos vueltas y más vueltas, aunque fue muy poco lo que nos transmitimos más allá del pésame, que se dejó ver tanto en mi actitud como en su expresión de que ahora dependía de mí, puesto que le demostraba que seguía interesándome por ella. Ni el orgullo ni la pretensión de independencia tenían cabida en la señorita Tina; ni por asomo insinuó que supiera qué iba a ser de su vida. Me abstuve de sacar este asunto a colación, pues no estaba preparado para decir que me haría cargo de ella. Fui cauto; creo que no de un modo innoble, pues tuve la sensación de que, en su escaso conocimiento y su sencilla visión de la vida, no encontraba ella ninguna razón para que yo no la cuidase de alguna manera, puesto que parecía compadecerla. Me contó cómo había muerto la señorita Bordereau, finalmente en paz, y cómo sus buenos amigos se ocuparon de todo; añadió, sonriendo, que por fortuna y gracias a mí había dinero en la casa. Repitió una vez más eso de que cuando un «buen» italiano entrega su amistad, la entrega para siempre, y se interesó entonces por mi giro, mis impresiones, mis aventuras, los lugares que había visitado. Le describí lo que pude, temo que inventando algunas partes, pues fue muy poco lo que logré registrar de mi viaje en el estado de desconcierto en que me hallaba; y, tras escucharme, exclamó, casi como si se hubiese olvidado de su tía y de su pena: «¡Ay, ay, cuánto me gustaría hacer esas cosas… emprender un pequeño viaje de placer!». Me pareció que debía proponerle alguna iniciativa, decir que la acompañaría a donde quisiera, y al menos señalé que podríamos organizar una excursión agradable, para que pudiese cambiar de aires; lo pensaríamos y lo discutiríamos. No dije ni una sola palabra de los papeles de Aspern, no le pregunté qué había averiguado o qué pasó con ellos antes de la muerte de Juliana. Y no es que no estuviese en ascuas por saber, sino que juzgué más decente no mostrar mi codicia con la desgracia aún tan reciente. Esperaba que ella misma dijese algo, pero no apuntó en esa dirección, y lo encontré natural dadas las circunstancias. Sin embargo, esa misma noche, un poco más tarde, se me ocurrió que su silencio era sospechoso; si pudo hablar de mi viaje, de algo tan alejado como el Giorgione de Castelfranco, también habría podido aludir a lo que ocupaba mis pensamientos, como ella bien sabía. No era de suponer que la emoción producida por la muerte de su tía hubiese borrado el recuerdo de que yo estaba interesado en las reliquias de la anciana, y me inquietó pensar que su reticencia pudiera significar muy posiblemente que ninguna reliquia había sobrevivido. Nos separamos en el jardín; fue ella quien dijo que debía volver a casa. Ahora que estaba sola en el piano nobile, pensé que (al menos de acuerdo con las costumbres venecianas) mi situación había cambiado en lo tocante a la invasión de esa zona de la casa. Le di las buenas noches, estrechándole la mano, y pregunté si tenía algún plan, si había pensado qué hacer. «Sí, sí, pero aún no he tomado ninguna decisión», respondió, en un tono bastante alegre. ¿Era la sensación de que yo me ocuparía de ella la causa de su alegría?

Me congratulé al día siguiente de que no hubiésemos hablado de asuntos prácticos, pues esto me daba un pretexto para verla de inmediato. Había una cuestión práctica que debíamos abordar. Debía comunicarle formalmente que de ningún modo esperaba que quisiera seguir teniéndome como inquilino, además de interesarme por su situación con respecto al palacio, si pensaba conservarlo en arrendamiento. Resultó que no me iba a ser posible hablar con ella más de un instante sobre ninguno de estos asuntos. No le envié recado; me limité a bajar a la sala y a dar vueltas por allí. Sabía que no tardaría en aparecer y me encontraría disponible. Por alguna razón prefería no estar con ella en un espacio cerrado; los jardines y los grandes salones me parecían mejores lugares para conversar. La mañana era espléndida, y algo en el aire insinuaba que el largo estío veneciano comenzaba a declinar: una fresca brisa del mar que agitaba las flores del jardín y circulaba de un modo muy agradable por la casa, menos cerrada y oscura ahora que en vida de la anciana. Era el comienzo del otoño, el fin de los meses dorados. Y era también el fin de mi experimento, o estaría a punto de serlo en menos de media hora, cuando al fin comprendí que mi sueño había quedado reducido a cenizas. Después no me quedaría nada por hacer más que salir camino de la estación, pues era evidente —así se me reveló en la luz de la mañana— que no podía quedarme allí y convertirme en el guardián de una indefensa mujer de mediana edad. ¿Qué deuda tenía con ella, si no había salvado los papeles? Creo que me estremecí un poco al pensar hasta qué punto, si los hubiera salvado, habría tenido yo que agradecer y recompensar esta cortesía. ¿No me habría visto en la obligación de tomarla bajo mi custodia? Si esta idea no me incomodó más mientras deambulaba por la sala, fue porque estaba convencido de que no había nada que buscar. Si la señorita Bordereau no lo había destruido todo antes de sorprenderme en el gabinete, lo habría hecho al día siguiente.

La señorita Tina tardó en llegar más de lo que yo imaginaba, pero cuando por fin apareció, me miró sin sorpresa. Le dije que la estaba esperando y preguntó por qué no la había avisado. Horas más tarde me alegré de no haber señalado en ese momento que su intuición podía habérselo indicado; me reconfortó no haber jugado siquiera de un modo tan leve con sus sentimientos.

Dije casi la verdad: que estaba muy nervioso, puesto que esperaba que ella determinase mi destino.

— ¿Su destino? —respondió, con una mirada extraña. Y mientras lo decía advertí en ella un cambio muy peculiar. Estaba distinta con respecto a la noche anterior; menos natural y menos cómoda. El día anterior había llorado, mientras que ahora no lloraba, y, sin embargo, la encontré más reservada. Era como si algo le hubiese sucedido durante la noche, como si hubiese estado dando vueltas a algo que le preocupaba... algo que afectaba a su relación conmigo, que la volvía más incómoda y más complicada. ¿Pensaría sencillamente que mi situación había cambiado ahora que su tía ya no estaba?

—Me refiero a los papeles. ¿Hay alguno? Ahora tiene que saberlo.

—Sí, hay muchos; más de lo que imaginaba. —Me llamó la atención cómo le tembló la voz al pronunciar estas palabras.

— ¿Quiere decir que están aquí... que puedo verlos?

—No creo que pueda verlos —dijo, con una asombrosa expresión de súplica en la mirada, como si su única esperanza a estas alturas fuese que yo no se los arrebatara. ¿Cómo podía esperar de mí semejante sacrificio, después de todo lo que habíamos hablado? ¿Para qué había regresado a Venecia, si no para apoderarme de ellos? Tal fue mi alegría al saber que los papeles seguían estando allí que, si la pobre mujer se hubiese puesto de rodillas y me hubiese suplicado que no volviera a mencionarlos, yo habría tomado este gesto por una broma de mal gusto—. Los tengo, pero no puedo enseñarlos —añadió, lamentablemente.

— ¿Ni siquiera a mí? ¡Ah, señorita Tina! —exclamé, en un tono de infinito disgusto y reproche.

Se sonrojó, y las lágrimas asomaron de nuevo a sus ojos; sopesé la angustia que le causaba tomar esta decisión, que obedecía a un atroz sentido del deber. Me sacó de quicio que fuera ése el único impedimento; tanto más cuanto que yo pensaba que la señorita Tina me había animado expresamente a no tenerlo en cuenta. ¡Estaba convencido de que ella me había asegurado que si no encontraba mayores obstáculos...!

— ¿No irá a decirme que le hizo una promesa a su tía en su lecho de muerte? ¡Y yo que creía que usted nunca me haría una cosa así! Preferiría que ella misma hubiese quemado los papeles, antes que vérmelas con esta traición.

—No, no es una promesa —respondió.

—Dígame qué es entonces; se lo ruego.

Dejó en suspenso la respuesta, y por fin dijo:

—Intentó quemarlos, pero se lo impedí. Los escondió en su cama.

— ¿En su cama…?

—Entre los colchones. Los guardó allí después de sacarlos del cofre. No entiendo cómo pudo hacerlo, porque Olimpia no la ayudó. Así me lo ha dicho, y yo la creo. Mi tía se lo contó después, para que no deshiciera la cama… para que no tocase nada más que las sábanas. Los guardó de cualquier manera —añadió con sencillez.

— ¡Tendría que habérmelo figurado! ¿Y cómo intentó quemarlos?

—No lo intentó demasiado; estaba muy débil en los últimos días. Pero me dijo… me ordenó. ¡Ah, fue horroroso! No volvió a hablar después de aquella noche. Sólo podía hacer señas.

— ¿Y qué hizo usted?

—Los saqué de allí. Los guardé bajo llave.

— ¿En el secreter?

—Sí, en el secreter —asintió la señorita Tina, sonrojándose de nuevo.

— ¿Le dijo que los quemaría?

—No, no se lo dije… intencionadamente.

— ¿Con la intención de complacerme?

—Sí, sólo por eso.

— ¿Y eso de qué me sirve, si de todos modos no quiere enseñármelos?

—De nada. Lo sé… lo sé… —reconoció, con pesar.

— ¿Y ella creyó que los había destruido?

—No sé lo que creía al final. No sabría decirlo… estaba casi ausente.

—No entiendo qué se lo impide, puesto que no hubo garantía ni promesa.

— ¡Ella no quería por nada del mundo… no quería! Los guardaba con celo sumo. Pero aquí está el retrato… puede quedarse con él —anunció la pobre mujer, sacando de un bolsillo la miniatura, que seguía envuelta tal como su tía la dejó.

— ¿Puedo quedarme con él?… ¿Quiere decir que me lo da? —pregunté, con voz entrecortada, mientras lo recibía de sus manos.

—Eso es.

—Pero vale dinero… mucho dinero.

— ¡Bueno! —dijo la señorita Tina, sin abandonar su extraña actitud.

No supe cómo interpretarlo, pues no me parecía posible que quisiera regatear como hacía la anciana. Lo dijo como si se tratara de un regalo.

—No puedo aceptarlo como un obsequio, y tampoco puedo pagarle el precio estimado por la señorita Bordereau. Lo valoró en mil libras.

— ¿No podríamos venderlo? —aventuró mi amiga.

— ¡No, por Dios! Prefiero el retrato al dinero.

—En ese caso, guárdelo.

—Es usted muy generosa.

—Usted también.

—No veo qué razón puede llevarla a pensar eso de mí —respondí; y era sincero, pues la pobre mujer parecía tener en mente algo que yo no captaba en absoluto.

—Ha hecho usted mucho por mí —dijo.

Contemplé el rostro de Jeffrey Aspern, en parte por no mirar a la señorita Tina, que empezaba a preocuparme, incluso me daba un poco de miedo, pues había adoptado una expresión de lo más extraña, crispada y antinatural. No respondí a su último comentario; examiné en silencio los ojos del poeta: eran muy jóvenes, muy vivos, y al mismo tiempo muy profundos. Le pregunté a aquel rostro qué demonios le ocurría a la señorita Tina. Aspern pareció sonreírme con aire de leve burla, como si le divirtiese mi situación. Por su causa me había metido en un buen lío… ¡buena falta le hacía a él! Por primera vez, desde que yo lo conocía, el poeta no me ofrecía ninguna satisfacción. Pese a todo, sentí que su retrato sería una posesión muy valiosa.

— ¿Es ésta una manera de chantajearme para que renuncie a los papeles? —pregunté con maldad—. Aunque valoro mucho este retrato, como bien sabe, si me viera en el brete de elegir, preferiría siempre los papeles. ¡No se imagina cuánto!

— ¿Cómo puede elegir… cómo puede elegir? —respondió mi amiga, despacio y con tristeza.

— ¡Entiendo! Naturalmente, nada puede decirse si considera usted que la prohibición que la obliga es inviolable. ¡Debe de parecerle que separarse de esos papeles sería un pecado de la peor especie, sencillamente un sacrilegio!

Negó con la cabeza, perdida y desconcertada por lo insólito de la situación.

—Lo comprendería usted si la hubiese conocido bien. ¡Tengo miedo —tembló de repente—, tengo miedo! Era terrible cuando se enfadaba.

—Sí, tuve ocasión de comprobarlo la otra noche. Era terrible. Y también vi sus ojos. ¡Eran muy hermosos!

—Yo sigo viéndolos… ¡me vigilan en la oscuridad! —exclamó.

—Está usted nerviosa por todo lo ocurrido.

— ¡Sí, mucho… mucho!

—No se preocupe… ya verá cómo pronto se le pasa —dije, con intención de ser amable. Y añadí, resignado y consciente de que debía aceptar la realidad —: Bueno, así son las cosas y no tienen remedio. Tengo que renunciar. —Me miró, con un suave gemido, y proseguí—: Ojalá su tía los hubiese destruido; así no habría nada más que decir. Y no entiendo por qué no lo hizo, si pensaba como pensaba.

— ¡Eran su razón para vivir! —replicó la señorita Tina.

—Comprenderá usted que eso no mitiga mis deseos —protesté, no con demasiada desesperación—. Pero no me haga seguir aquí como si me propusiera incitarla a cometer una bajeza. Entenderá, como es natural, que abandone esta casa. ¡Me marcho de Venecia inmediatamente! —Y cogí mi sombrero, que había dejado encima de una silla. Seguíamos los dos en actitud torpe, en el centro de la sala. Ella había dejado abierta la puerta de sus habitaciones, pero no me invitó a entrar.

Contrajo el rostro de un modo inesperado al ver que cogía el sombrero.

—Inmediatamente… ¿quiere decir hoy mismo? —Fue trágico el tono con que formuló esta pregunta… como un grito de desolación.

—Claro que no; me quedaré mientras pueda servirle de alguna ayuda.

—En ese caso, uno o dos días más… dos o tres días más —dijo, como si se estuviera ahogando. Pero se dominó y adoptó un tono distinto—: Ella quería decirme algo… el último día… algo muy particular. Pero no pudo.

— ¿Algo muy particular?

—Algo más acerca de los papeles.

— ¿Y se le ocurre qué podría ser… tiene alguna idea?

—No, le he dado muchas vueltas… pero no lo sé. He pensado en muchas cosas.

— ¿Por ejemplo?

—Bueno, que todo sería distinto si fuese usted de la familia.

— ¿Si fuese de la familia? —me quedé atónito.

—Si no fuera usted un extraño. En ese caso, todo sería lo mismo para usted que para mí. Todo lo mío le pertenecería, y podría hacer con ello lo que quisiera. Yo no podría impedirlo... y usted no tendría ninguna responsabilidad.

Expuso esta pintoresca explicación con nervioso apresuramiento, como si repitiera unas palabras aprendidas de memoria. Me pareció que encerraban alguna sutileza que al principio no logré captar. Al instante, su rostro me ayudó a ver un poco más, y tuve una rarísima iluminación. Me sentía muy incómodo, y agaché la cabeza ante el retrato de Jeffrey Aspern. ¡Qué expresión tan extraordinaria aprecié en su rostro! «¡Sal de ahí antes de que sea demasiado tarde, amigo mío!». Guardé el retrato en un bolsillo de mi chaqueta y dije:

—Lo venderé para usted. No conseguiré mil libras en ningún caso, pero sí una buena cantidad.

Me miró con los ojos llenos de lágrimas, aunque intentó sonreír para responder:

—Podemos repartir el dinero.

—No, será todo para usted —y añadí—: Creo que sé lo que su pobre tía intentaba decirle. Quería darle instrucciones para que la enterrasen con sus papeles.

Pareció considerar esta posibilidad, y al momento, con sorprendente decisión, dijo:

— ¡Ah, no! ¡No creo que eso le pareciese seguro!

—No se me ocurre nada más seguro.

—Ella pensaba que la gente, cuando quiere publicar algo, ¡es capaz de...! —Y dejó la frase en suspenso, poniéndose muy colorada.

— ¿De profanar una tumba? ¡Válgame Dios qué opinión tenía de mí!

— ¡No era justa, no era generosa! —se lamentó, con repentino ardor.

La iluminación que había tenido momentos antes se amplió entonces un poco más.

—No diga eso, porque todos somos de una especie aborrecible —y apostillé—: Si ha dejado un testamento, tal vez pueda aclararle algo.

—No he encontrado ningún documento de esa naturaleza... lo destruyó. Me quería mucho —dijo, con extremada incongruencia—. Quería hacerme feliz. Y cuando alguien era amable conmigo... ella siempre lo tenía en cuenta.

Casi me aterró la astucia que parecía inspirar de pronto a la buena mujer, una astucia transparente y, como reza el dicho, con las puntadas bien visibles.

—Estoy seguro de que ella jamás habría dispuesto nada que pudiese agradarme.

—No, no a usted, sino a mí. Ella sabía que me agradaba que usted pudiese llevar a cabo sus planes. No es que usted le importase, sino que pensaba en mí. —Prosiguió, con inesperada y persuasiva volubilidad—: Podría usted ver esos papeles… podría utilizarlos. —Guardó silencio el tiempo necesario para que yo pudiese dar alguna señal de que no me rendía. Creo que era consciente, sin embargo, de que aunque mi expresión denotaba la vergüenza más grande que jamás se hubiera dibujado en un rostro humano, no era insensible como una piedra, sino que rebosaba compasión. Mucho tiempo después me reconfortó no haber mostrado entonces el menor indicio de desprecio—. No sé qué hacer. ¡Estoy atormentada, estoy avergonzada! —confesó con vehemencia. Y entonces, apartando el rostro de mí y hundiéndolo entre las manos, prorrumpió en llanto. Si ella no sabía qué hacer, es fácil imaginar que yo lo sabía menos todavía. Me quedé mudo, contemplándola, mientras sus sollozos resonaban en la gran sala vacía. En seguida, con los ojos llenos de lágrimas, dijo—: ¡Yo le daría a usted cualquier cosa… y ella lo entendería! ¡Donde quiera que esté… me perdonaría!

—Ay, señorita Tina… señorita Tina —musité, por toda respuesta. Como digo, no sabía qué hacer, aunque al azar efectué un movimiento inconsciente y desesperado que me llevó hasta la puerta. Recuerdo que me detuve allí para decir—: ¡Eso no cambiaría las cosas, no cambiaría las cosas! —lo dije con aire pensativo, torpe, grotesco, mientras miraba al fondo de la sala, como si viese algo de mucho interés.

Lo segundo que recuerdo es que bajé las escaleras y salí a la calle. Mi góndola estaba allí, y el gondolero, reclinado sobre los almohadones, se levantó de un salto al verme. Subí a la embarcación, y respondí a su habitual Dove comanda? en un tono que le hizo mirarme fijamente:

—A cualquier parte, a cualquier parte. ¡A la laguna!

Me llevó lejos de allí mientras yo, postrado, me lamentaba para mis adentros, con el sombrero calado hasta las cejas. ¿Qué otra cosa, ¡por lo más ridículo!, quiso decir, si no me estaba ofreciendo su mano? Ése era el precio… ¡ése era el precio! ¿Y de verdad creía, pobre, estrafalaria y trastornada dama, que yo lo deseaba? Mi gondolero, que se encontraba a mis espaldas, seguramente vio mis orejas encendidas, mientras, inmóvil bajo el aleteo de la tenda, con el rostro escondido, sin fijarme en nada de cuanto me rodeaba, me preguntaba si su ilusión, su enamoramiento no serían obra de mi temeridad. ¿Se figuraba ella que había intentado cortejarla, ya fuese por conseguir los papeles? No era cierto, no era cierto; pasé una hora, dos horas, repitiendo estas palabras, hasta que me harté, aunque no llegase a convencerme. No sé a qué lugar de la laguna me llevó el gondolero; nos deslizamos sin rumbo y a lentos golpes de remo. Al fin vi que estábamos cerca del Lido, que despuntaba a lo lejos, a la derecha, de espaldas a Venecia, y le pedí que me dejase en tierra. Tenía ganas de andar, de moverme, de desprenderme de mi perplejidad. Crucé la estrecha franja y llegué hasta la playa; me encaminé hacia Malamocco. Sin embargo, volví a tenderme sobre la arena tibia, bajo la brisa, entre la hierba dura y seca. Me abrumaba pensar que era culpable, que de manera involuntaria, aunque no menos deplorable, había jugado con los sentimientos de la señorita Tina. Pero yo no le había dado motivos… era evidente que no. Es verdad que le dije a la señora Prest que me proponía enamorarla, pero fue una broma sin ninguna importancia, y jamás se lo manifesté a mi víctima. Si me mostré amable con ella, fue porque me gustaba de veras; ¿desde cuándo era esto un crimen, tratándose de una mujer de su edad y de su aspecto? Me encuentro muy lejos de recordar con claridad la secuencia de los hechos y de los sentimientos en este largo día de confusión que pasé vagando a la deriva, sin regresar a casa hasta bien entrada la noche: sólo tengo la noción de que en algunos momentos lograba pacificar mi conciencia y en otros arremetía contra mí mismo, causándome un profundo dolor. No reí ni una sola vez… de eso sí me acuerdo. La situación, por mucho que pueda sorprender a algunos, no me parecía en absoluto divertida. Tal vez debiera haberla mirado por el lado cómico. El caso es que, con motivos o sin ellos, no podía pagar el precio. No podía aceptar la proposición. No podía, por un puñado de papeles manoseados, casarme con una mujer mayor, ridícula, patética y provinciana. Prueba de lo poco posible que debía de parecerle a la propia señorita Tina que a mí se me ocurriese esta idea es que fuese ella misma quien se atreviera a sugerirla, con ese heroísmo práctico que no eludía la polémica, aunque también con la timidez, mucho más llamativa que la osadía, de que pudiese parecer que anteponía sus razones a sus sentimientos.

A medida que avanzaba el día deseé no haber oído hablar jamás del legado de Aspern y maldije la estrambótica curiosidad que puso a John Cumnor tras el rastro de su fragancia. Teníamos material más que suficiente, sin necesidad de aquellos papeles, y mi penosa situación era el justo castigo por el peor de los desatinos humanos, el de no saber cuándo detenerse. Bien podía decirse que mi apuro no era para tanto, puesto que era fácil salir de él: me bastaba con salir de Venecia en el primer tren de la mañana, tras escribir una nota a la señorita Tina que le sería entregada en cuanto hubiese abandonado la casa; prueba de mi dilema, sin embargo, fue que, cuando intenté redactar esta nota mentalmente —con idea de ponerla sobre el papel nada más llegar, antes de acostarme—, lo único que se me ocurría decir era: «¿Cómo puedo agradecerle la rara confianza que ha depositado en mí?». No podía decir esto; sonaba como si acto seguido fuese a dar mi aceptación. Naturalmente que podía desaparecer sin una sola palabra, pero eso sería brutal, y aún me inclinaba por excluir las soluciones brutales. Conforme mi confusión se fue enfriando, me llenó de asombro la importancia que había llegado a conceder a esos papeles arrugados; me resultaban odiosos, sólo de pensar en ellos, y me sacaba de quicio la superstición que impidió a la bruja atreverse a destruirlos, como destruido estaba yo por haber gastado más dinero del que podía permitirme en un intento por dominar el destino de estos documentos. No recuerdo qué hice después, adónde fui después de dejar el Lido y a qué hora o en qué estado emprendí el camino de vuelta en mi góndola. Sólo sé que a última hora de la tarde, cuando el crepúsculo arreboló el cielo, me encontraba ante la iglesia de San Juan y San Pablo, admirando el rostro de mandíbula angular de Bartolomeo Colleoni, el terrible condottiere enérgicamente sentado en su enorme caballo de bronce, sobre el alto pedestal erigido en su honor por la gratitud de los venecianos. Es una escultura incomparable, la mejor de todas las estatuas ecuestres, a menos que la de Marco Aurelio, que cabalga en actitud benigna a las puertas del Capitolio romano, sea mejor que la de Colleoni; pero no era esto lo que ocupaba mis pensamientos. Me limitaba a contemplar al capitán victorioso como si tuviera un oráculo en los labios. La luz del poniente lo ilumina a esa hora en toda su severidad, confiriéndole un aspecto maravillosamente único. Pero el capitán miraba a lo lejos por encima de mi cabeza, hacia la púrpura inmersión de un día más —eran muchos los que había visto hundirse en la laguna a lo largo de los siglos—, y si acaso pensaba en estrategias y en actos de pillaje, eran los suyos de una naturaleza muy distinta de los que yo pudiera confesarle. Por más que yo lo mirase, él no podría indicarme lo que debía hacer. ¿Fue antes o después de esto cuando pasé una hora deambulando por los pequeños canales, con gran asombro de mi gondolero, que jamás me había visto tan inquieto y, al mismo tiempo, tan desprovisto de intención, y no lograba sacar de mí otra orden que no fuese la de «Vaya a cualquier parte… a todas partes… no deje de dar vueltas»? Me recordó que no había almorzado y expresó respetuosamente la esperanza de que tuviese idea de cenar temprano. Disfrutó de largos períodos de descanso en el transcurso del día, cuando dejé la góndola para deambular por las calles: de ahí que no me sintiera obligado a tenerlo en consideración, y le dije que hasta el día siguiente, tenía mis razones para ello, no probaría bocado. Era un efecto de la proposición de la señorita Tina, y no precisamente auspicioso, que hubiese perdido el apetito por completo. No sé por qué ese día me llamó la atención más que nunca ese peculiar aire de sociabilidad, de parentesco y de vida familiar que constituye la otra cara de Venecia. Sin calles ni vehículos, sin el estruendo de los carros y el brío de los caballos, con esos tortuosos pasajes en los que la gente por fuerza tiene que amontonarse, donde las voces resuenan como en los pasillos de una casa, donde las personas caminan como si esquivasen las esquinas de los muebles y los zapatos nunca se gastaran, la ciudad parece una inmensa vivienda colectiva, cuyo rincón más ornamental es la Piazza San Marco, mientras que iglesias y palacios hacen las veces de grandes divanes para el reposo, de mesas para el esparcimiento, de extensiones de la decoración. Y, en cierto sentido, el fabuloso domicilio común, familiar, doméstico y resonante, parece también un teatro en el que sus actores triunfan sobre los puentes y, en desordenadas procesiones, tropiezan a su paso por las fondamenta. Cuando se viaja en góndola, las aceras que en ciertos lugares bordean los canales cobran a la vista la importancia de un escenario, se muestran en el mismo ángulo, y los venecianos que van y vienen sobre el fondo del maltrecho decorado de sus casitas teatrales parecen los miembros de una interminable compañía teatral.

Esa noche me acosté muy cansado y sin ser capaz de redactar la nota para la señorita Tina. ¿Fue ésta la razón por la que nada más despertar a la mañana siguiente tomé la determinación de ver a la pobre mujer en cuanto pudiese recibirme? Eso tuvo algo que ver, pero más lo tuvo el hecho de que, mientras dormía, una inexplicable repugnancia se apoderase de mi espíritu. Fui consciente en cuanto abrí los ojos; me hizo salir de la cama de un salto, como quien recuerda que ha dejado la puerta de la calle entornada o una vela encendida debajo de una repisa. ¿Estaba todavía a tiempo de salvar mis bienes? Esta pregunta tenía en mi pecho, pues sucedió que, en la inconsciencia del sueño, mi ánimo había oscilado y una vez más volvía a codiciar el tesoro de Juliana. Las piezas del botín se me antojaban más preciadas que nunca y mi necesidad de poseerlas cobró verdadera ferocidad. La condición impuesta por la señorita Tina no parecía ya un obstáculo por el que valiese la pena preocuparse, y mi arrepentida imaginación lo apartó esa mañana por espacio de una hora. Era absurdo que intentase inventar nada; absurdo renunciar tan fácilmente y alejarme con impotencia de la idea de que la única manera de convertirme en su poseedor era unirme de por vida a aquella mujer. Podía no unirme a ella y conseguir no obstante lo que me proponía. Debo añadir que, cuando envié recado para preguntar si podía recibirme, no había inventado ninguna alternativa, por más que me devanara los sesos al servicio de mi ingenio. Mi fracaso era una humillación, pero ¿cuál podía ser la alternativa? La señorita Tina aceptó mi solicitud, y mientras bajaba la escalera y cruzaba la sala hasta su puerta —esta vez me recibió en el desangelado gabinete de su tía —, confié en que no interpretase mi visita como una respuesta «favorable». Seguramente había comprendido mi negativa del día anterior.

Nada más entrar en la habitación supe que no era así, aunque también detecté algo que no había previsto. La sensación de fracaso había operado una extraña transformación en la señorita Tina, aunque yo estaba demasiado concentrado en mis estrategias y en mi botín para pensar en esto. De pronto caí en la cuenta; no acierto a expresar el asombro que me produjo. Se encontraba en el centro del gabinete, con la cabeza ligeramente inclinada y un aire de bondad, de perdón, de absolución, que le daba la apariencia de un ángel. La embellecía; era más joven; no parecía una mujer mayor y ridícula. Este adorno en su expresión, esta magia de su espíritu la había transfigurado, y mientras seguía admirándola un susurro llegó desde las profundidades de mi conciencia: «¿Por qué no, después de todo… por qué no?». Creí que «podía» pagar el precio. Y con mayor claridad que este susurro oí la propia voz de la señorita Tina. Tan impresionado estaba con el efecto que me había causado que al principio no fui del todo consciente de lo que dijo; luego comprendí que me decía adiós… Dijo algo así como que esperaba que fuese muy feliz.

— ¿Adiós… adiós? —repetí, con una inflexión interrogativa y probablemente absurda.

Advertí que ella no reparaba en la interrogación, sólo oía las palabras: se había impuesto aceptar nuestra separación y pronunciarlas era como una prueba para sus oídos.

— ¿Se marcha hoy? —preguntó—. Aunque eso lo mismo da, porque en todo caso no volveré a verlo. No quiero volver a verlo. —Sonrió de un modo peculiar, con una dulzura infinita. Me indicó de este modo que en ningún momento había dudado con cuánto horror me despedí de ella el día anterior. ¿Cómo podía dudarlo, puesto que no había regresado antes de que cayera la noche para rebatir esta idea, ya fuese por puro formalismo, o por pura humanidad? Y tuvo la presencia de ánimo (que la señorita Tina tuviese presencia de ánimo era un concepto nuevo) de sonreírme en su dolor.

— ¿Qué hará…? ¿Adónde irá? —pregunté.

—No lo sé. Ya he hecho la proeza. He destruido los papeles.

— ¿Los ha destruido? —gemí.

—Sí; ¿para qué iba a guardarlos? Los quemé anoche en la cocina, uno por uno.

— ¿Uno por uno? —repetí fríamente.

—Me llevó un buen rato… había muchos. —La habitación empezó a dar vueltas a mi alrededor, y una oscuridad total veló mis ojos por un momento. Cuando la sensación hubo pasado, la señorita Tina seguía estando allí, pero la transfiguración había concluido y volvía a ser una mujer mayor, fea y desaliñada. Fue este personaje el que habló y dijo—: No puedo quedarme más tiempo con usted. —Y fue este personaje el que me volvió la espalda, tal como se la había vuelto yo veinticuatro horas antes, y se dirigió a la puerta de su habitación. Al llegar hizo algo que yo no hice el día anterior: se detuvo el tiempo suficiente para dirigirme una mirada. No he podido olvidar esa mirada, y a veces todavía me hace sufrir, aunque no había en ella resentimiento. No; no había ni un ápice de resentimiento, de dureza o de venganza en la pobre señorita Tina, pues, cuando, poco después, le envié a cambio del retrato de Jeffrey Aspern una cantidad muy superior a la que esperaba reunir para ella, acompañada de una nota en la que le comunicaba que había vendido la miniatura, la aceptó con agradecimiento; no la rechazó. Le decía que había vendido el retrato, al tiempo que reconocía ante la señora Prest (con quien coincidí en Londres ese otoño) que lo tengo colgado sobre mi escritorio. Cuando lo miro, apenas puedo soportar mi pérdida... la pérdida de los preciados papeles.